KB170435

동 남 문 학
열 여섯 번째
이 야 기

껍질

동남문학회 지음

초판 발행 2015년 12월 5일
지은이 동남문학회

펴낸이 안창현 **펴낸곳** 코드미디어
북 디자인 Micky Ahn **교정 교열** 성건우
등록 2001년 3월 7일
등록번호 제 25100-2001-5호
주소 서울시 은평구 갈현1동 419-19 1층
전화 02-6326-1402 **팩스** 02-388-1302
전자우편 codmedia@codmedia.com

ISBN 979-11-86104-34-7 03810

정가 10,000원

껍질

동남문학회 지음

동인지를 출간하며

지난겨울 미처 녹이지 못한 얼음부터

일찍 서두른 노란 개나리

여름날 진한 향기 뿜어내던 붉은 장미의 열정

재촉하지 않아도

탐스럽게 꽃피운 늦가을 국화까지 그득 담아

열여섯 번째 동인지를 출간한다

수술대 위에 누워

의사의 냉철한 눈빛을 느끼는 시기다

벌거벗은 채 거울 앞에 서 있는 자신을 보는 듯

부끄럽고 민망하기 그지없다

그럼에도 불구하고

소중한 시간 속에 각자의 자화상이

시로 또는 수필로 그려지기까지

무수히 지샌 밤과 고뇌의 땀방울을 생각한다

올 한해 무엇보다 네 분의 등단 시인이 배출되어 기뻤다

경북일보 신춘문예 당선과 농어촌 문학상 수상 등

굵직굵직한 수상 소식이 동남 문학인으로 자긍심을 갖게 했다

또한 재능 기부와 공모전 수상으로

수원시 버스 정류장에 게시된 회원들의 시와 수필이 10여 편에 이른다

이렇듯 가을빛 같이 어우르며 동행하는 문우들이 있어 외롭지 않았다

겉표지에 매단 이름표의 팔랑거림이 임박해진 새해를 예고하는 듯

그 움직임이 부산하다

동남문학회 회장 전옥수

Contents

Contents

전옥수

허정예

박경옥

공석남

임종순

김영화

Contents

정정임

조영실

김광석

Contents

남지현

정건식

껍
질

전영구

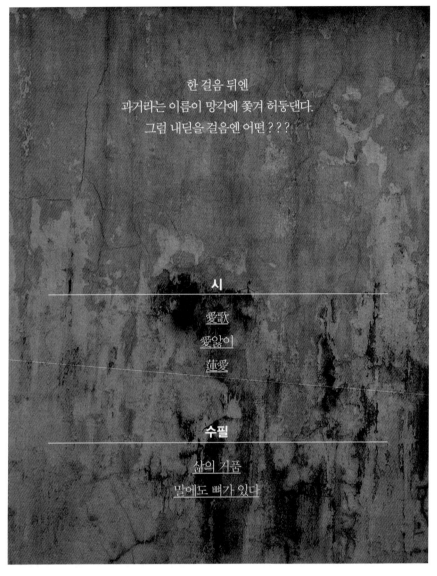

한 걸음 뒤엔
과거라는 이름이 망각에 쫓겨 허둥댄다.
그럼 내딛을 걸음엔 어떤 ? ? ?

시

愛歌
愛앓이
蓮愛

수필

삶의 거품
말에도 뼈가 있다

P R O F I L E

충남 아산 출생. 『문학시대』 시 부문 신인상 당선 등단, 『월간문학』 수필 부문 신인상 당선 등단. 국제 펜클럽 한국
본부 회원, 한국 문인협회 감사, 한국 수필가협회 회원, 가톨릭 문인회 회원, [문학의집, 서울] 회원, 대표 에세이
회원, 경기 시인협회 이사, 수원 시인협회 부회장, 문파문인협회 회원, 동남 문학회 회원
저서 : 시집 『애작』 외 3권, 수필집 『뒤 돌아보면』

愛歌

언제랄 것도 없이 드나들다
뜸해진 두려움에도
다시 그리는 가슴
문득
헤집고 들어 온 그대를 잡고
힘겹게 물으니
수없는 두드림에도 무반응인 내게
지치고 지쳐
서둘러 가려 한다니
아직 추스르지 못한 가슴은
이리 아려오는데
냉한 뒷모습을 보이는 그대는
아픔을 품고
바람 따라온 허무일까
눈물 속에 묻은 회한일까

愛앓이

숨겨놓기는 한 걸까
어디든

들춰볼 수는 없을까
언제든

그게 뭐라고
사랑이 뭐라고
고이만 다루는 처사가 꼴사나워
밉지만
지금은 슬프다

노을에 가슴을 묻으니 슬프다
빗줄기에 눈물을 던지니 슬프다
이러니
늘
아프다

蓮愛

햇살의 시샘에도
그저

살포시 여민 가슴에는
행여

설 붉은 봉우리 타고 흐르는
투영한 부끄러움

잦은 바람몰이에도
꿋꿋한 자태

그대를 보내고 나야
숙여지는 슬픈 모가지

검은 눈물 머금고 사는
슬픈 사랑

삶의 거품

눈을 감으면 모든 것을 잊을 수 있다고 믿으면서부터 생각이 복잡해지면 기피 수단으로 눈을 감고 잠을 청한다. 잠에 들어선다 해도 내 의지와는 상관없는 그림이 그려지기 십상이다. 힘든 현세를 피해 들어간 꿈속이라고 해도 꼭 입맛에 맞는 것은 아니기 때문이다. 어쩌다 악몽에 들어서면 식은땀을 한바탕 흘리고서야 가까스로 빠져나오기도 한다. 악몽은 깨어남과 동시에 소멸이 되지만 다시 불만족스러운 현실과 대면을 하고, 치열하게 싸워 이겨야 하는 것이 삶이 주는 시험일지도 모른다. 삶에 만족을 느끼지 못한다는 것은 그만큼 자신에게 주어진 이상의 것을 바라보고, 억지로라도 이루려 몸부림치기 때문에 그러리라 싶다.

살다 보면 자신도 모르는 사이에 허황된 꿈에 사로잡혀 현실을 애써 외면한 체로 뜬구름을 잡는 일들이 허다하다. 바람이 지나쳐 허상이 되는 과정은 누구나 한번은 겪었음직하다. 8,145,060분의 1이라는 로또 당첨을 기대하면 만 원, 이만 원도, 아깝지 않게 투자를 하며, 머릿속에는 이미 당첨된 후의 생활을 그려보는 짧은 쾌감을 느껴보기도 했었다. 얼마는 기부를 하고, 나머지는 뭘를 사고, 여행도 가는 상상, 가만히 있어도 절로 입가에 웃음이 번지는 행복감은 주머니를 열게 했다. 1등 당첨은 아니지만 십만 원 정도의 당첨금은 몇 번 수령을 하기도 했다. 수령한 당첨금보다 술값이 더 들어가는 악순환도 있었지만 잠깐 동안만이라도 세상을 가진 것 같은 기쁨은 더 큰 액수에 대한 미련을 버리지 못해 가끔씩 복권 판매소를 들러 구입을 하는 구실을 마련하기도 했다. 일등을 배출해낸 복권 판매소에는 당첨의 행운과 기를 받아보려는 사람들이 줄을 설 정도로 열의가 대단했다. 복권으로 인한 일확천금을 노린 국민들의 과열된 투자심리에 당황한 당국은 언론매체를 통해 당첨자들의 불행한 뒷이야기를 방영하는 웃지 못할 해프닝도 벌어지기도 했다.

거품이 낀 삶의 바람은 여러 곳에서 나타난다. 자기 방에서 아이를 부르면 못들을 정도로 큰 평수의 자택을 소유하고 있어 불편하다는 얘기를 자랑스럽게 하는 모 연예인을 보고, 알 수 없는 분노에 사로잡히기도 했었다. 아파트 현관문을 열고 들어서면 숨이 막히는 것 같은 답답하고, 좁은 평수를 비교해 보면 느끼는 분노도 사치일 것이다. 커다란 옷방을 갖추고, 외출 때마다 각양의 옷을 골라 코디를 하는 기쁨을 누리고는 것, 서재에 틀어박혀 고상한 포즈로 독서를 즐기다 잠이 들면 아내가 슬며시 담요를 덮어주는 꿈을 꾸는 게 사치일까? 되문고는 하지만 그건 역시 사치이고 생각의 거품이다. 우리가 TV를 켜면 흔히 볼 수 있는 장면 속에 자아를 이입시켜놓고 보는 즐거움까지도 현실로 돌아오면 빼앗겨 버리고 말기 때문이다. 침대 하나 겨우 들여놓은 방에서 아내의 잠버릇에 놀라 종종 잠이 깨는 일이 나에게는 너무나 가혹한 현실인 것이다.

백지에 자신이 꿈꿔왔던 이상을 그리듯 삶이 그렇게 쉽게 이루어진다면 행복은 쉽게 얻어지는 보너스 같은 것일 수도 있다. 각자 자신만의 꿈을 추구하며 가다 보면 이기주의만이 판을 칠 뿐, 양보도 협력도 없는 각박한 세상이 될 것이다. 최고가 되기 위한 싸움은 더욱 치열해 지고, 남을 위한다거나 더불어 산다는 것은 아예 기대도 하지 말아야 할 것이다. 여유롭지 못한 삶의 화살을 못난 자아에 대한 화풀이를 하기는커녕, 남 탓으로 돌리며, 생활이 욕심에 차지 않으면 억지를 부리고, 억지가 안 되면 술에 의존을 하려고 하고 술이 해결을 해주지 않으면 기피를 일삼던 나날은 심신을 황폐로 이어지고는 했다.

세월이 약이라는 가르침처럼 거품 가득 낀 허황된 삶에 대한 집착은 현실에 순응하며 욕심을 버리려는 쓴 노력이 있고서야 고쳐지게 되었다. 평범한 가장이 되어 사소한 것에도 웃음을 흘리고, 화를 내는 그저 그런 일에 익숙해진 삶의 여정은 늘 불만족이라는 거품을 걷어내고 나서야 투명하게 보이기 시작했다. 주어진 것에 대한 고마움을 알기까지는 자신을 낮추고, 겉으로 떠돌기만 하는 정신을 추스르는 싸움을 무수히 해야 했다. 지금 내 눈에 보이는 것만이 내 것이고, 내가 누려야 할 행복의 양임을 알기까지 아직까지도 마음속 깊이에서는 부글부글 솟아오르는 거품을 걷어내는 작업이 여전히 진행되고 있음을 애써 감추고 있다.

말에도 뼈가 있다

달팽이관을 흔드는 미세한 파장 끝에 은밀하게 전해지는 말. 거친 어조로 무작정 입에서 나오는 데로 전해질 때는 미간이 찌푸려지도록 과민 반응을 보이게 된다. 하지만 생각을 걸러 전해오는 말은 입고리가 자연스럽게 올라가는 기쁨을 주기도 한다. 말에는 여러 가지 테크닉이 사용된다. 사랑하는 연인에게 던지는 말은 귓불을 간지르는 달콤함이 있어야 하고, 잘못을 저지르는 사람에게는 눈물이 쏙 빠질 정도의 단호함이 있어야 한다. 직언直言과 실언失言을 정확하게 구분하고, 구사할 줄 알아야 상대방에게 신뢰를 얻을 수가 있다. 말 한마디의 가치가 얼마나 되는지는 아무도 모를 것이다. 예쁜 사람에게 못생겼다고 하면 그냥 농담을 한 거지만, 실제 못생긴 사람에게 못생겼다고 하면 액면 그대로 전해져 불쾌감을 초래한다. 이렇게 언어가 주는 불편한 이중성은 '말 한마디가 천 냥 빚을 갚는다.'라는 교훈이 깃든 말을 태동하기도 했다.

일상생활에서는 가족끼리 던지는 사소한 말 한마디에 가정의 평화가 오고가기도 한다. 피곤한 몸으로 퇴근을 하면 만사가 귀찮아 세상에서 가장 편한 자세로 누워 아내나 아들에게 이것저것을 요구하게 된다. 바로 손 앞에 있는 것마저도 가져다주길 원하며, 리모컨! 냉수! 등을 찾으며 짧은 언어로 아내의 심기를 건드리다 보면 그 불똥이 엉뚱한 곳에서 튀게 된다. 잔소리와 자질구레한 심부름에 지친 아내는 집안 구석에 쌓여있는 빨랫감을 빌미로 어지럽히는 사람 따로 있고, 치우는 사람 따로 있냐는 볼멘소리를 한다. 물론 아들을 지칭해서 하는 소리지만 누구를 겨냥했는지는 불 보듯 뻔해 뜨끔할 때가 있다. 무척이나 가부장적인 나도 눈치가 보여 슬며시 가장의 권위를 접고 순한 양이 되어 아내의 정성이 담긴 밥상에 아들과 함께 맛있게 먹으며 칭찬을 늘어놓기에 여념이 없다. 여느 가정에서나 쉽게 들을 수 있는 얘기지만 남편의 기를 살리면서 강한 메시지를 전하는 아내의 현명한 언술에 다시 웃음이 이는 가정으로 소소한 행복을 찾을 수가 있었다.

신혼 초에도 총각 시절과 다를 바 없이 지인들과의 잦은 만남이 음주로 이어져 늦은 귀가가 정상처럼 느껴지는 일상이 이어지고 있던 어느 날, 후배들과의 만남이 2차, 3차로 이어져 정신없이 마시고 즐기다 보니 날이 밝아오고 있었다. 휴대폰도 없던 시절, 새벽까지 연락도 없는 남편 걱정에 이미 화가 났을 아내 생각과 출근 시간이 걱정되어 집으로 향하고 있었다. 택시 안에서 대응책을 구상하다 보니 머릿속 뇌의 회전은 차창을 지나치는 가로수보다 더 빨리 돌아가기 시작했다. 화를 내면 뭐라고 대꾸를 하지? 묵비권? 아니면 적반하장 격으로 더 화를 낼까? 하는 사이 집에 도착을 하니 술이 다 깨고 정신이 바짝 들었다. 초인종을 누르고 3년이 지난 것 같은 시간이 흐른 뒤, 현관문이 열리자 어디서 천사 같은 목소리가 들려 왔다.

"어머! 오늘 기록 경신하셨네요." 하며 얼른 씻고 출근을 하라며 옷을 챙겨주는 아내의 말에 온몸이 감전된 듯이 그 자리에 한참을 서 있었다. 그 날 저녁 눈치를 살피며 "아침에 화 안 났어?" 하고 멋쩍게 물으니 "서방님 성격에 말하면 듣나요. 그래 봐야 건강만 해치지요. 기력 있을 때 많이 드세요. 호호호." 현명한 아내의 뼈있는 한마디에 철없던 남편은 다음 날부터 귀가를 서두르는 기적을 가져오기에 충분했다.

유머 섞인 말 중에는 특정 지역 사람을 약간 비꼬는 듯한 얘기가 있었다. 충청도 사람이 길가에서 과일을 팔고 있는데 지나가던 서울 사람이 묻는다.

"이거 팔 거예요?"

"안 팔 건디 내놨것슈?"

"얼만데요?"

"사는 사람이 알지, 파는 사람이 아나유?"

"이거 모두 삼천 원에 주세요."

"냅둬유. 짐승이나 먹이게."

순진하지만 은근히 음흉스럽다는 뼈가 숨겨진 이야기에 같은 지역 출신인 나도 웃기는 하지만 조금은 수긍이 가는 대목이기도 해 웃음을 짓고는 한다.

말은 그 사람이 지닌 무한의 무기 같은 것이다. 생각 없이 내뱉은 한마디로 인해 싸움이 되기도 하지만 적절하게 표현된 말은 환호를 만들어 내기도 한다. 드라마에서 보면 범죄자가 인질극을 벌일 때, 자신의 요구가 관철되지 않으면 인질을 살해하겠다는 위협을 가한다. 그럴 때마다 경찰은 범죄 협상가를 투입하게 된다. 이때 협상가는 무기를 소지하지 않은 채, 맨몸으로 범인과 대치하게 된다. 이때 협상가가 지닌 최고의 무기가 바로 언어인 것이다. 극한의 흥분 상태인 범인을 잘 설득해서 진정을 시키고 인질을 무사히 구출해낸다. 큰 범위에서 보면 사람의 목숨을 죽이고, 살리는 데에는 말이 엄청난 위력을 발휘

한다는 것이다.

직설적으로 전해지는 말이 상대에게 불쾌감이나 적개심을 불러일으킨다면 실패한 언어임에 틀림이 없다. 모든 말이 다 유쾌하고 행복을 줄 수는 없다. 화가 났을 때 전하는 말과 기쁠 때 전하는 말이 같을 수 없듯이, 장소나 화술에 따라 적절하게 강도를 조절해서 상대를 대한다면 말에 대한 설득에 앞서 더한 깨달음으로 자신을 대할 것이다. 받아들이는 자세 또한, 상대방이 하고자 하는 말에 담긴 뼈 있는 뜻을 잘 헤아린다면 아마도 우리가 하루 중에 가장 많이 하는 대화는 세상에서 제일 아름다운 소통이 될 것이기 때문이다.

김태실

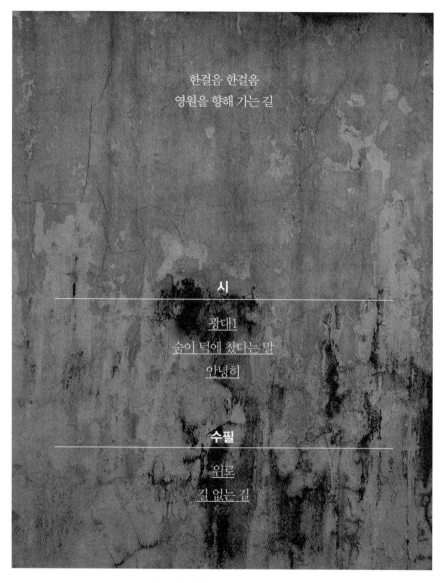

한걸음 한걸음
영원을 향해 가는 길

시

광대1
숨이 턱에 찼다는 말
안녕히

수필

위로
길 없는 길

PROFILE

『한국문인』 수필 부문 당선 등단, 『문파문학』 시 부문 당선 등단. 한국문인협회 이사, 국제 펜클럽 한국본부 회원, 한국수필가협회 회원, 문파문인협회 상임운영이사, 카톨릭 문인회 회원, 동남문학회 회장 역임.
수상 : 제3회 동남문학상, 제8회 한국문인상, 2013년 한국수필 올해의 작가상, 제7회 문파문학상, 제34회 한국수필문학상. 저서 : 시집 『그가 거기에』, 수필집 『이 남자』, 『그가 말 하네』

광대1

광대들이 뛰노는 무대
광대 하나 무대 뒤에서
웃고 있다

신명 나게 춤추던 몸짓
푸른 나뭇잎처럼 반짝이던 눈빛
거미줄로 이어진 인연 단번에 끊고
화려한 옷 모두 벗어
달빛으로 갈아입은 광대
그 빛 타고 달에 가면 만날 수 있을까

손 갈퀴로 낟알 모으던 묘기
증류주를 소화해내는 능력
아무도 따라오지 못할 서글픈 재능
모두 내려놓고 웃고 있다
종횡무진 무대를 누빈 광대
그리운 밧줄 타고 꿈에 가면
만날 수 있을까
무대 아래 광대

숨이 턱에 찼다는 말

손끝으로 나가 있던 친교의 거리
발끝까지 퍼져 있던 생명의 기운
진군하는 적의 기氣에 몰려
후퇴하고 후퇴해 한쪽으로 모여드는
포로처럼 몰려 하나씩 투신해야 하는
마지막 순간까지 장렬히 싸우다 떠나는
숨
굵고 가는 혈관의 흐름 멈추고
심장 소리 서서히 문 닫아
이승과 저승의 강 넓히며
우리 사랑에 마침표를 찍는

알았네 이제 알게 되었네
눈물의 그 말

김태실

안녕히

무슨 일로 이 밤
앰블런스 소리 진동하는가
어느 하늘 님이
지상의 손을 놓는 중인가
벌떡 일어나 창밖을 보니
가로등 불 얌전히 밝힌
도로 옆길이다
병원 침대 한 칸 사서
끝내 돌아오지 못한 사람처럼
이 밤, 옆 동네 누가
지상의 손 놓는 중이신가

하늘에서 내린 눈 흔적 없이 사라지듯
흔적 지우기 위해 하늘로 오르는
절박한 시간
사랑하는 이 손 맞잡고
말 없는 한 마디 뜨겁게 전하며
물이 되고 있을 눈 한 덩이
까만 하늘에 별처럼
법문 심고 있다

위로

눈물로 들어와 눈물을 거둬주고 슬픔으로 들어와 슬픔을 삭여주는 위로, 생명을 살리는 일이다. 절망에 사로잡힌 삶에 뛰어들어 자신을 열어 보이는 용기다. 날갯죽지 부러진 생을 간호하고 포근히 안아주는 사랑이다. 삶의 의미를 잃은 이의 손을 잡아 주고 따뜻한 눈길을 마주하는 위로, 쓰러진 풀을 일어서게 하는 힘이다. 사별의 아픔으로 방황할 때 포근히 안아주는 가슴이다. 부지불식간에 일어난 남편의 죽음으로 마음 둘 곳 없을 때, 외기러기의 황망함을 자신의 사랑으로 덮어준 이웃이 있다. 고마운 위로이다.

속이 불편하여 찾아간 대학 병원에서 남편은 일주일 만에 숨을 거뒀다. 하루하루 급하게 변하는 모습이 믿어지지 않았지만 그는 한순간에 삶을 놓았다. 구정 연휴에 장례를 치르고 삼우를 보냈다. 가족 모두 믿기지 않는 사실에 정신이 없을 때 커다란 보따리를 들고 지인이 찾아왔다. 앞치마를 두르고 밀가루 반죽과 만두 속을 한 통 내놓으며 홍두깨로 피를 밀어 만두를 빚었다. 우리 가족은 갑자기 바빠졌다. 찜통에 쪄낸 것을 먹어가며 계속 만들었다. 미국 샌디에이고에서 몇 년 만에 온 딸은 오랜만에 먹는 만두가 꿀맛이라고 했다. 넋 놓고 있는 슬픔 중에 뛰어들어 잠시나마 즐거움을 선사한 고마운 이웃이다. 위로에는 용기가 필요하다는 생각을 했다.

세상을 떠난 영혼을 위해 살아있는 사람이 해줄 수 있는 것은 기도

이다. 특히 연도는 시편과 성인호칭기도, 찬미와 간구로 죽은 영혼을 위해 빌어준다. 구역 신자들이 50일을 기도해줬다. 눈 오고 비바람 몰아쳐도 매일을 하루 같이 남편을 위해 연도를 바쳤다. 자신의 시간을 할애하는 희생이다. 만사를 제치고 달려와 모이는 사랑이다. 남편을 잃고 어떻게 살아야 하나 마음잡지 못하고 쏟아지는 눈물을 감출 수 없을 때 함께해주는 그들이 있어 든든했다. 믿는 이들의 정성이 담긴 기도는 큰 위로가 되었다. 세상을 떠난 이에게 영원한 안식과 빛을 비춰 달라는 기도는 살아있는 사람에게도 평안을 주었다.

'사람은 흙에서 왔으니 흙으로 돌아갈 것을 생각하십시오'라는 성서 말씀을 실제로 보여주는 양, 가톨릭 전례력으로 사순절이 시작되는 주에 남편이 돌아갔다. 사순시기 내내 그를 위한 연미사를 올렸고, 매일 새벽 미사를 참례하며 주님 고난의 길을 묵상했다. 사순4주일, 5주일 시간이 깊어질수록 죽음이 가까워지는 길, 부활의 기쁨을 앞둔 칠흑의 어둠을 향한 길을 걸을 수 있었다. 남편의 죽음으로 더욱 절실히 느껴지는 십자가, 그 사랑의 희생이 누구를 위한 것인가. 성금요일 수난감실 앞에 엎드려 소리 낮춰 울 수 있던 것은 주님이 주는 위로 때문이었다. 자신의 죽음으로 우는 이에게 위로를 주는 분, 부활 성야 미사를 통해 평화를 가득 안겨주는 위로자이다.

한국인의 정서는 살아있었다. 개인주의에 빠져 남남처럼 사는 시대로 변했다고 하지만 그렇지 않았다. 황망한 중에 밥은 제대로 먹는지 걱정하면서 김치를 갖다 주고 다양한 반찬을 챙겨주었다. 차마 찾아오지 못하고 문자로 마음을 전하거나 전화로 목소리를 들려주는 위로 또한 큰 사랑이다. 비록 혼자됐지만 이 세상은 혼자가 아니라는 것을 일깨워준 따뜻함이다. 소진한 기운을 찾아야 한다고 한의사와 만남을 주선해 한약을 지어준 마음도 있다. 사람들의 다양한 정성을 받으며 위로의 방법도 여러 가지라는 것을 알게 되었다.

일생 중 가장 큰 충격이 부부간의 사별이라는데 그 일을 겪었다. 막막함에 허둥댈 때 거침없이 다가와 위로해준 이웃이 있다. 함께 기도해주고 음식을 만들어 먹이며 슬픔을 잠시 잊게 해준 이웃도 있다. 선뜻 다가서기 어려운 상황에 적극적인 위로는 절망을 벗어날 수 있는 힘이 되었다. 모두 용감하고 따뜻한 사랑의 위로이다. 암흑기 사순절에 죽음의 얼굴을 바라볼 수 있는 용기도 얻었다. 언젠가 맞이해야 할 손님이라면 예의를 갖춰 맞겠다는 생각이다. 늘 준비하는 자세로 잘 살다 가는 것이 옳지 않겠는가. 이웃의 위로 덕분에 슬픔 한 줌 덜어낸다.

길 없는 길

지상과 지하로 잇대어 있는 길이 차로 가득 찼다. 명절 연휴가 만든 풍경이다. 평소보다 거의 배의 시간을 들여서라도 가족에게 다녀와야 한다는 마음이 있고, 억매인 삶에서 어디라도 떠나지 않으면 안 될 것 같은 마음들이 있다. 명절 연휴마다 대이동을 만들고 있는 상황은 즐겁기도 하고 괴롭기도 하다. 사람 사는 정겨운 일, 가고 오는 마음이 각양각색이겠지만 축제인 명절에 길이 보이지 않아 가지 못하는 마음도 있다. 곁을 떠난 남편을 기다리며 그가 오길 기다린다. 2015년 가을은 현실에 존재하지 않는 그와 마음으로 함께한 추석 명절이다.

남편이 올 차례다. 봄에 떠난 그가 추석에 집에 오길 기다린다. 홀쩍 떠난 그의 주소도 없고 연락처도 없어 찾아 나설 방법이 없다. 그가 가고 맞는 첫 추석 명절, 상을 차렸다. 사람들과 먹고 어울리는 것을 좋아하는 그를 위해 정성껏 차렸다. 부모님을 위해 차리던 제사상에 남편도 자리 잡았다. 첫 제사, 그가 오면 물어보고 싶다. 먼저 가신 부모님을 만났는지. 사촌 형님은 만났는지. 친정 부모님은 막내 사위 왔다고 어떻게 빈겼을까.

남편이 도착했을 때 마중 나왔을 부모님의 얼굴이 떠오른다. 100세 시대에 좀 더 살다 오지 벌써 왔느냐고 하실까. 그동안 고생 많았다고 어깨를 감싸 안고 위로해 주실까. 이승에서 부모님을 찾은 자식들이 고맙고 대견하듯, 저승에서 부모님들은 어떤 마음으로 남편을 맞을지 궁금하다. 그곳에선 가장 멋지고 아름다운 때의 모습으로 된다던데 언젠가 나도 가장 예쁜 모습으로 그분들과 만날 날이 있겠지. 길 없는 길을 가서 어머니, 아버지, 남편을 부둥켜안고 싶다.

딸과 사위 손녀가 와서 함께 제사를 지냈다. 26개월 된 손녀는 아빠, 엄마가 절하는 모습을 보고 넙죽 엎드려 절을 한다. 일어나 보면 머리를 조아린 아빠 엄마를 보며 다시 또 넙죽 절을 하고 할머니가 절을 할 때도 예쁘게 쪼그리고 앉아 머리를 조아린다. 여보, 길을 잘 찾아왔나요. 손녀가 많이 컸어요. 당신에게 절을 하네요. 할아버지와 놀던 7개월 전보다 훌쩍 컸지요. 당신은 이곳저곳 자유롭게 다닐 수 있나요. 봄에 그곳에 도착했으니 가을인 지금쯤 많이 익숙해졌겠군요.

맑은 술 한잔 올리고 연도를 했다. 장례 기간 쉬지 않고 훈련된 사위와 딸은 연도를 구성지게 잘한다. 제사를 마친 후 둘러앉아 식사를 한다. 사위는 음식을 맛있게 먹으면서 저녁에는 나물 넣고 비벼 먹을 메뉴까지 생각했다. 한 사람의 몫을 의젓하게 자리 잡은 손녀와 어울린 식사, 남편의 자리만 비었다. 우리와 함께 앉아 있는 걸까. 아니면 영원히 머물러야 할 곳으로 이미 떠난 걸까. 그의 얼굴을 쓰다듬고 싶다. 품에 안고 그의 등을 쓰다듬어주고 싶다. 눈과 눈을 마주하고 이야기 나누고 싶다.

사돈의 배려로 사위는 추석 연휴에 본가를 찾지 않았다. 혼자된 장모 외로울까 봐 오지 않아도 된다는 사돈 내외의 마음이 따뜻하다. 추석 연휴 딸 가족과 함께 지내는 동안 손녀는 잘 놀고 잘 잤다. 아침에 깨어나 할머니부터 찾으며 달려오는 사랑스러운 손녀, 할아버지가 있었으면 얼마나 신통해 할까. 놀면서도 웃음을 주는 손녀 덕분에 밝은 분위기로 하루를 지낸다. 공놀이, 블럭 쌓기, 간간이 '쉬' 한마디 하면 온통 화장실을 향하는 비상사태가 벌어진다. 한 사람의 빈자리를 또 한 사람이 채워주고 있다. 길 없는 길을 떠나기 위해 삶의 질서를 내려놓은 생이 있듯, 세상 질서를 하나하나 배우며 익히는 생명이 있다. 순리이다.

추석 연휴가 끝나고 사위도 딸도 손녀도 갔다. 텅 빈 집에 남편의 영정 사진과 나만 남았다. 여보, 당신 있는 곳으로 갈 수 없으니 당신이 자주 오세요. 그곳이 명절처럼 가족 만나러 갈 수 없는 상황이라면 그냥 바라만 봐도 돼요. 사진을 매일 들여다보며 이야기하는 모습이 보이나요. 당신 떠나고 이만큼 오면서 참 많이 울었어요. 벌써 200일이 넘었네요. 삶의 무기력에서 헤어나오며 힘들었지만 자식들이 잘살아줘야 부모 마음 편하듯, 혼자 남은 엄마가 잘 살아줘야 자식들 편할 것 같아 마음 고쳐먹었어요. 당신 간 길 따라갈 때까지 즐겁게 살기로 했어요. 우리 언젠가 만날 거니까. 명랑하게 사는 모습 지켜봐주세요.

통에 담긴 물처럼 내 속에 눈물의 강 있다. 강은 바다처럼 넘실댄다. 때론 냇물처럼 졸졸 흘러나오기도 한다. 세상은 가물다는데, 비가 안 온다고 곳곳에서 아우성인데 눈물이 넉넉하다. 매일 햇살에 마음을 널어야 한다. 그날그날 고마운 햇빛 덕에 웃는다. 비 오는 날이면 통에 담긴 물이 넘치기도 하지만 길 찾아가지 않아도 남편에게 연도와 기도로 마음 전할 수 있으니 다행이다. 해 뜨면 햇빛 고맙고 달뜨면 달빛 고맙다. 고마운 것으로 가득 찬 이 세상 눈물을 내려놓고 감사한 마음으로 산다. 가야 할 때까지 세상의 위로가 되고, 사랑이 되자고 마음먹는다.

정체되고 느리기만 했던 도로가 정상을 찾았다. 추석 명절에 얼마나 많은 감사와 사랑이 오고갔을까. 이 세상이 아니면 할 수 없는 일들을 사람들은 해내고 있다. 밀리고 밀려도 달려가 가족과 친지를 찾는 인정은 참으로 아름답다. 사별이란 길을 떠나면 그리워할 수밖에 없고, 그리워도 만날 수 없는 곳에 있기에 이루어질 수 없는 일이다. 유한한 삶, 모든 이가 주어진 인맥에 감사하며 좋은 추억을 쌓는 삶이기를 소망해본다.

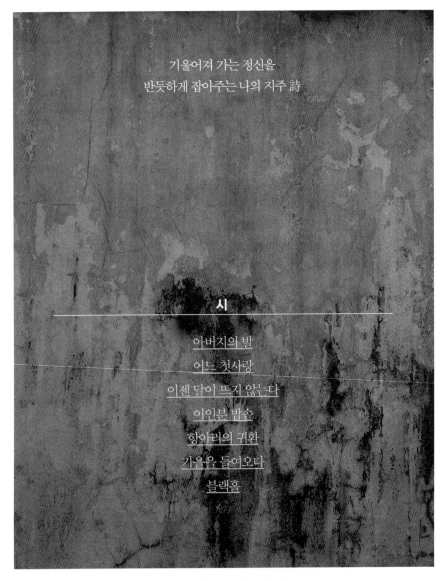

해준
서선아

기울어져 가는 정신을
반듯하게 잡아주는 나의 지주 詩

시

PROFILE

대구 출생.『한국문인』신인상 수상 등단.
한국문인협회위원(문협60년사 편찬위원), 문파문협회원, 동남문학회원, 동남문학 회장 역임
수상 : 제5회 동남문학상 수상
저서 : 시집『4시30분』, 공저『달팽이의 하루』외 다수
E-mail : ssaprincess@hanmail.net

아버지의 발

침대 아래 무릎을 꿇고
조그만 물그릇에 담긴
아버지 발을 씻겨드린다

넓은 바다 마음껏 누비다
어항 속에 갇힌 물고기
비누질 살살 간지럼 태워
통증 잠시 웃음으로 바꾸어 본다

어릴 적 아버지 발은 큰 군함만 했는데
내 손안엔 굳은살로 딱딱한 작은 금붕어
맑은 물로 헹구며 걱정을 씻어본다

인공 산소로 유지되는 작은 어항 속 삶이라도
내일 또 내일 아버지 발을 씻겨드리고
어제를 용서받고 싶다

서선아

어느 첫사랑

향기로운 백합 한 송이
가슴 두근거리며 사립문 사이로 지켜보았지
어느 날 갑자기
누가 먼저 꺾어가 버렸다

주먹을 부르르 떨고 눈물 흘리지만
하늘은 까맣고 땅이 뒤집어진
되돌릴 수 없는 일
그날 이후 가슴엔
백합 무늬 돌멩이를 안고 산다

팔십 평생 결석처럼 한 번씩 아프다
멍하니 빈 하늘 보는데
국화꽃 같은 아내 옆에 앉으며 살며시 손을 잡는다
그녀는 안다 백합 돌멩이가 가슴속에 있다는걸
시치미 뚝 떼고 그 남자
여보 난 당신만 사랑해

이젠 달이 뜨지 않는다

첫 달이 떴을 때
붉은 장미에 찔린듯한 방울의 선혈
향기 나는 여인이 되었다는 두려움
아무에게 말 못하고 뒤돌아 앉아
어두운 우물가에 빨래하던 열다섯 살의 소녀

달이 떴다고 체육 시간에 꾀부리고
괜한 신경질을 보탠 날도 있었지
달의 음덕으로 두 아들을 낳고
조금씩 늦게 뜨던 달이
이젠 뜨지 않는다

태양은 하늘에 있어도
달이 없으니
더 이상 뜨겁지가 않다

밤은 늘 그믐이지만
가슴에 품은 별 반짝이니
샛별 바라보며
한 발 한 발 조심스러이 길을 찾는다

서선아

이인분 밥솥

따뜻한 밥 한 공기가
고소한 참기름이기도 하고
달콤한 벌꿀이기도 한
이인분 밥솥의 요술

이인분 밥솥은
10인분 압력솥에 자리 내어주고
하루 6개의 도시락과
식구들 먹거리 뒷바라지
밥솥에서 나는 김만큼 하루의 땀을 흘렸다

이제 큰 밥솥은 찬장 속에서 잠들었다가
명절에나 얼굴을 비치고
이인분 밥솥이
낡은 가스불 위에서 끓고 있지만
고소한 참기름 냄새는 없다

적당한 불기운에
구수한 누룽지를 깔고 있는 밥
내일도 이인분 밥을 짓기를 원하며
밥그릇에 정성을 더해본다

항아리의 귀환

빈집 본가에서
증조할머니 할머니 어머니와
집으로 왔다

정월에 장 담그고
김치 갈무리 하던
고향 떠난 지 60년 된
장 항아리

승용차 뒷자리 고이 모셔오면서
흔들림에 어지러워 실금이라도 갈까
살금살금
한 번씩 뒤돌아보며
받쳐놓은 방석이 불편한지 물어도 보고
어제를 따뜻이 안고 왔다

맑은 물로 깨끗이 목욕시키고
반질한 표면에 손을 대니
어머님 말씀이 들린다
도가지는 숨을 쉰다

서선아

무얼 갈무리해도 다 맛있어

오늘 밤엔 증조할머니 할머니
어머니 그리고 나 사대가
다정히 장독대에서
장 담그는 꿈을

가을을 들여오다

앞집 누런 가을 하나
황금색 피부 가을이
거실 한쪽에 자리하고 앉았다

붉게 가을도 보기 좋지만
은전 한 말을 가슴에 지니고
후덕한 아낙같이 웃고 있는 네가
내 눈길을 잡는구나

함박눈 내리는 어느 날
너의 속살을 져며
가마솥에 익혀
지난가을을 추억하리
달콤하고 구수했다고

블랙홀

잠시 딴생각에 무엇을 하려고 했는지
기억이 나지 않는다

블랙홀로 빠질까 두려운 오늘
블랙홀로 기억을 보내버린
시모와 씨름해본 나는
머릿속이 까매짐에 허둥댄다

블랙홀로 한 발이 빠져도
기울지 않게 단단히 기둥을 박아
내 몸을 묶어야겠다

바로 옆에 소용돌이가 보인다
점점 가까이 빨려 들어가는 게 느껴진다

곽영호

이번 동인지가 세상에 얼굴을 내미는 날은
첫 눈이 내렸으면 좋겠다

수필

껍질

산꼭대기에는 아무것도 없다

신 놀부

PROFILE

경기 화성 출생.『문파문학』신인상 당선 등단
수상 : 동남문학상, 2015년 농어촌문학상 우수상 수필부문
저서 : 수필집『나팔꽃 부부젤라』
E-mail : era3737@hanmail.net

껍질

　　더운 여름날 식구들이 모여 수박 한 통을 갈라 먹는다. 여름 한 철 그 짓도 못해보면 가슴 시릴 것 같아 마음먹고 하는 어미의 치레다. 널브러진 껍질이며 먹다 흘린 수박 물 자국이 소 한 마리 잡아 펼쳐놓은 형국이다. 어느 집은 껍질로도 요리를 해먹는다는데 아직 그 경지는 이르지 못했다. 발라먹고 내던져진 껍질이 쟁반 위로 수북하다. 산산이 조각 난 껍질의 의미를 되짚어본다.

　　수박 껍질의 바탕색과 무늬의 빛깔을 자세히 보니 예사롭지 않은 조화다. 색깔이 참으로 오묘하고 절묘해 수박색이라는 유별난 이름도 생겼나 보다. 줄무늬 도안은 피카소 그림 뺨친다. 눈길을 끄는 문양이 얄궂다 못해 신비롭다. 수박껍질에 그려진 형이상학적이고 원초적인 그림이 자연의 그림인가 보다. 수박은 어찌 저리 신비롭고 깊은 의미의 껍질을 만들었을까. 수박 껍질은 씨앗을 보호하기 위하여 여름내 작렬하는 태양빛을 붙잡고 갈구한 사랑의 기도가 마무리된 흔적이다.

　　모든 열매는 껍질이 있다. 목적은 겨자씨만 한 씨눈을 지키기 위함이다. 씨의 거죽을 싸서 알맹이를 지탱하고 유지하는 방법이 이루 말할 수 없이 다양하고 형태가 제각각이다. 호두나 밤처럼 단단한 겉껍질 속에 속껍질로 완벽하게 감싼 열매가 있는가 하면. 벼나 보리 따위처럼 낟알 겉껍질에 까끄라기를 붙여 뭇 벌레나 짐승들이 범접 못 하게 하는 껍질도 있다. 깔끄러운 까락이 있어도 몸집이 크고 영악한 짐승은 억센 이빨로 무참히 갉아먹는다. 완벽한 껍질은 없나 보다. 토마토나 수박은 감미로운 속살을 내어주는 자기희생으로 협력자를 유혹한다. 신사의 멋이 있다.

씨앗이 어디로 가서 다음 세대의 싹을 틔우게 하느냐는 껍질의 능력이다. 새나 짐승 또는 바람에 힘을 빌릴 때나 협조를 구하기 위해서는 껍질은 그들의 기호에 알맞게 조건을 갖추어야 한다. 세찬 바람에 버틸 때는 굳건히 버텨야 하고, 옮겨 줄 짐승을 유혹을 하여야 할 때는 화려한 빛깔로 혼신의 힘을 다하여 유혹을 하는 것이 생존의 법칙이다. 산딸기가 새빨갛게 산새들을 유혹하듯이 수박은 감미롭고 달콤한 속살로 애교스러운 사랑으로 상대를 붙잡는다. 먹은 자는 사랑을 기억하고 옮겨야 할 의무를 느낄 것이다.

사람도 껍질이 있을까. 사람의 껍질은 살갗이나 옷이 아니고 마음일 것이다. 마음 씀씀이가 그 사람을 표상하고 보호한다. 수인사만 하고 지내던 사람을 이 여름에 우연찮게 가까이하게 되었다. 양파 껍질 벗기듯 벗길수록 새록새록 새로운 맛이 나는 친구다. 공원을 함께 걸을 때다. 파란 잔디밭에 질러가는 길이 뚜렷하게 나 있어 그 길로 가자고 했다. 그는 손사래를 치며 바른 길로 가야 한다고 한다. 나의 못된 버릇으로 짓궂게 술을 권해도 딱 석 잔, 자기 정량만 마시는 사람이다. 명심보감 가르침이 몸에 배여 인품에서 송진내가 짙게 난다. 수박 속살마냥 기품이 알차다. 수십 년 신앙생활을 한 사람도 그악한 사람이 얼마나 많은 세상인가. 수박껍질같이 마음의 속살이 후덕하여 사랑이 넘치고 행동이 올곧아 그를 보면 움찟해진다. 그에 비하면 나의 껍질은 창호지처럼 너무 얇아 속이 상한다.

산꼭대기에는 아무것도 없다

산을 제법 가는 편이다. 집 근처 산을 오르기도 하고 가끔 이름 있는 산을 등반도 한다. 백 곳의 산을 오르고 백 가지 음식을 먹어봐야 세상이 보인다고 한다. 아직 그 경지는 미치지 못했다. 등산을 할 때면 아무 생각 없이 무조건 정상에 오르는 것만을 목표로 삼는다. 버릇이 되어 그래야 직성이 풀린다. 막상 오르고 나면 아무것도 얻은 것 없이 빈 마음으로 내려오게 된다.

산신령이 있나 찾아봐도 없고 바람과 구름만 산다. 쾌청한 날씨를 만나면 멀리 바라보는 행운의 쾌감도 있지만 돌아서면 금방 잊히지는 잠깐의 기분이다. 그저 운동을 했을 뿐이다. 어느 산이고 정상에는 나무가 자랄 수 없는 척박한 환경이라 앉은뱅이 나무뿐이다. 사람 사는 소리도 들리지 않는 별다른 세계다. 다만 정복의 희열만 있다.

사람은 죽어서도 산꼭대기로는 가지 않는다. 우리의 풍습은 묏자리도 소의 입이 닿지 않는 곳부터 사람의 소리가 들리는 곳이어야 한다. 뒷산 7부 능선까지가 아이 울음소리와 닭 울음소리가 들리는 계성대 鷄聲臺다. 7부 능선까지만 새가 날고 나무가 낙락장송으로 자란다. 사람의 영혼과 산새와 꽃들이 함께하는 산의 영역이 거기다.

산꼭대기 위세를 지탄하는 말도 있다. 낮은 직위에 있는 유능한 사람을 높은 지위를 차지한 모리배들이 이리 왈 저리 왈 하는 인간의 작태를 옛 현자들이 우려하고 개탄하면서 한 말이 간저한송 澗底寒松이다.

어찌 그 옛날에 오늘의 일어날 일을 감지하고 예지했을까 싶어 감탄하게 한다. 말의 뜻인즉 산자락에 울창한 백 척의 대들보가 될 나무를 산꼭대기 한 길도 못 되는 나무가 내려다보고 깔본다는 뜻이다. 모순이다. 순리에 어긋나는 인간들의 횡포를 비유하는 말이다.

간송미술관을 가봤다. 우리 문화재 최고의 걸작품을 수집하여 간직한 곳이다. 전형필 선생도 산꼭대기 보잘 것도 없고 변변치 못한 나무의 안목으로 유구한 민족의 문화재 가치를 잘못 판단하는 우를 범하지 않겠다는 일념으로 아호雅號를 간송澗松이라 짓고 민족문화를 지켰다. 역사를 바로잡고 민족의 자긍심을 되찾은 분이다. 사시사철 푸른 소나무 기상으로 역사문화를 품은 간송의 일념은 후세 사람들의 가슴속에 영원히 푸른빛으로 남는다. 간송은 세 치의 나무가 아니라 샘솟는 샘물로 큰 나무의 영혼을 지켜주었다.

무턱대고 아무것도 없는 산꼭대기만 오르려 했던 나의 욕심이 되돌아봐진다. 새로운 지혜를 간송미술관에서 터득한다. 산꼭대기는 척박하여 나무가 크게 자랄 수가 없다. 꼭대기는 명분뿐이고 산은 허리가 본채다. 산의 가치는 정상에 있지 않고 자락에 있다. 사람 사는 여론도 중론이 으뜸이다. 모든 일은 중심이 흔들리면 무너진다. 앞으로는 산에 가면 자락에서 놀다 올 것이다. 정상만 탐내지 말고 산꽃들과 산새 소리와 골짜기가 하는 산 이야기를 듣고 오자.

신 놀부

　　가뭄 타는 무더위가 노인들을 공원으로 불러낸다. 정자나무 그늘 아래에 그룹을 만든다. 고스톱판이 제일 성황이고 한두 명 낀 할머니가 그렇게 멋있어 보일 수가 없다. 장기판 옆에서 신문 보던 노인이 적막을 깬다. "북한 100년 만에 최대 가뭄, 농작물 80%가 타죽었데." 하늘도 놈들에게 시련을 주는구먼, 한다. 아침에 나도 읽은 기사다. 옆 노인도 추임새를 넣는다. 그놈들 쫄쫄이 굶어 봐야 하늘 무서운지 알아요. 얄밉던 사람이 잘못되었을 때 느껴지는 야릇한 통쾌감이다. 남 잘되는 걸 두고 못 보는 놀부의 심보. 나도 놀부가 된다.

　　지척인 고향이 농촌 마을이라 아침저녁으로 가뭄 소식이 들려와 애가 타는데 북한 가뭄 소식엔 나도 모르게 쾌재를 부르고 노인들 웃음을 따라간다. 내 발등에 불이 붙었는데 남 넘어지는 것을 보고 기분이 좋아지는 것은 놀부보다 더 못된 마음이다. 노인들은 승공 주의를 넘어 멸공 주의가 뼛속까지 사무친 분들이다. 무찌르자 공산당, 쳐부수자 오랑캐 하던 반공정신이 머리에 박힌 사람들이다. 전쟁의 역사 속에서 살아온 우리는 공산당을 사랑하고 따뜻한 가슴으로 품을 수가 없다. 그것은 밤하늘에 별을 따오는 일이고, 깊은 바닷속에서 산호를 찾는 것만큼 어려운 일이다. 공산당을 박멸하고 픈 마음뿐이다.

　　5,60년대 농약 없던 자연에서 뛰놀던 악동 시절이 생각난다. 들길을 걸으면 발에 차이는 것이 개구리요, 눈에 띄는 게 뱀이다. 뱀은 열

번을 봐도 징그럽다. 보는 족족 잡아 죽여 개울 옆 나뭇가지에 거는 것을 보고 어른들이 이르던 말이 생각난다. 세상은 덕분에 사는 거여. 뱀 없는 세상 개구리만 판을 쳐봐라, 나중에는 잡아먹을 물벌레가 없어져 개구리마저도 죽게 되는 거여. 무슨 말인지 몰라 한 귀로 듣고 흘러버리고는 끊임없이 뱀을 죽였다. 공산당은 박살을 내도 북한 동포는 미워하지 말아야 한다는 이치다. 힘 있는 자의 오만과 패권주의는 없어져야 한다. 참새도 죽을 땐 쩩 한다고 사람이 짓눌렸을 때 발악을 하면 원자폭탄보다 더 무서운 것이다.

뱀을 보면 언제나 위험을 느끼고 무서워 놀란다. 그래서 죽이려 한다. 뱀도 사람 때문에 놀라는 것은 마찬가지 일것이다. 뱀은 진화 과정에서 그런 모양과 습성, 그런 상태로 자기를 보호하기 위해 독을 품게 되었을 것이다. 그것이 인간의 미움을 받을 이유가 아니다. 사람 중심의 편견일 뿐이다. 한 종이 멸종되면 순환의 생태계 되먹임 고리는 실종이 된다. 뱀 같은 북한도 다독거려야 한다. 퍼주기 반대말은 안 주기가 아니고 잘 주기다.

우리는 약육강식, 적자생존, 정글의 법칙만 통용되는 시대에서 살아왔다. 그러나 그것은 전쟁 당시에만 가능한 법칙이다. 경쟁이 심하면 갈등이 되고, 갈등이 분쟁, 분쟁이 더 커지면 전쟁이 되는 것이다. 놀부의 탐욕이 경쟁이 되고 평화를 해치는 근본 원인이다. 서로 돕고 공존공생하는 현대 사회에서는 고약한 놀부 심보는 버려야 하는데 여전하다. 지난날 상처가 깊었기 때문인가 보다.

김영숙

벌써 일 년…
12장의 도화지 위에 난
어떤 색채로 물들어 있을까.
문득
생각나게 하는 계절 앞에서….

시

P R O F I L E

전남 목포출생. 한국문인 시 부문 신인상 당선 등단.
한국문인협회, 경기시인협회, 수원시인협회 회원. 문파문학회 상임운영이사. 동남문학회 회장 역임
수상 : 제8회 동남문학상 저서 : 시집 『문득 그립다』, 공저 『1초의 미학』 외 다수
E-mail : ysk9898@hanmail.net

또 가을

다시 낙엽이 쌓이고 있다
왠지 모를 외로움을 또
가슴으로 안아야 한다
가슴이 시려와
시가 숨 쉬는 가을이다

그도
센티해져서 그렇게 그냥
바람과 함께 서 있다
바람 따라 나뒹구는 낙엽
낙엽 하나 날아와 머리핀으로
내 머리 위에 내려앉는다.

또 가을이다.

김영숙

나이 탓

그녀가 물어옵니다
요즘
길가에 나뒹구는 돌부리만 봐도
왠지 자기 같다고

그녀가
길가에 뒹구는 낙엽을 보니
뚝 떨어진 쓸쓸한 자기 인생 같다고
설움이 복받쳐 누구 하나 툭 치면
금방이라도 쏟아질 것 같다고
조용히 언니 귀에 대고 속삭입니다.
언니 그건 나이 탓이야….
서러운 게 아니고 지금 살아있음에 감사하고
이 감정을 사랑하자고

그녀가
너도 나이 먹어 봐 합니다….

꽃 1

세상에 못난 꽃은 없다
저마다 풍기는 향기 생김새로
자기를 표현한다.

나름대로 각자의 이름이 있고
피어나는 곳이 다르며
비춰지는 색깔도 다르다

옆에서 계속 조잘거리는 누군가가
때론 몹시 날 지치게 하고
힘이 들어 잠시 그와의 거리를
두고 살았다

이 세상이 하나의 향기와 하나의
색채와 하나의 생김새로 살아간다면
봄이 오든 가을 오든 의미 건조하지 않았을까

오늘 재잘거리는 그를 만나 그녀의 색채에
잠시 물들어 보는 것도
좋겠다.

못난 꽃은 없다

김영숙

꽃 2

햇살이 따가운 오후
꽃 축제 갔다가
내가 좋아하는 과일나무
한 그루 집으로 분양해왔다
하루 한 번씩 물을 줘야 하는데
그만 며칠을 깜박

결과는 참혹했다
푸릇푸릇하고 무성했던 잎들 다 떨어지고
마른 나무줄기에 달랑 세 개의 꽃만
피워 있지 않는가!
남아있는 꽃을 보면서
수분 보충하기 위해 잎을 모두 태워버린
꽃을 생각하니 순간 너무 미웠는데
열십자로 피어난 꽃….

그가 오늘 꽃 하나 따서
내게 건네준다.

미운 꽃은 없다

꽃 3

따가운 햇살이 서서히 물러가는 오후
축제가 한창인 시흥 관곡지

흙탕물 속에서도 아랑곳하지 않고
도도하게 피는 꽃
열매 뿌리까지 다 주는 꽃
누군가와 몹시도 닮았다

그가
내어준 밥풀떼기 씨 하나 부인병에
좋다 하여 입에 물어본다.
진흙물 속에서도 향기로움과 깨끗함으로
큰 꽃을 피우는 꽃

가슴속 아련한 큰 꽃 하나씩
품고 살아가고 있음에 포근해진 마음을
느낀다.

권명곡

살아가는 이유가 있습니다, 오늘도 한 줄의 시를 씁니다
빛곱게, 인생을 물들이고 싶습니다.

시

P R O F I L E

충북 청원군 출생.『문파문학』시 부문 신인상 당선 등단
동남문학회 회장 역임. 경기 시인협회, 수원 시인협회 회원
수상 : 제9회 동남 문학상 저서 : 시집『달콤한 오후』
E-mail : suukman@naver.com

국화차를 마시며

말린 국화차
티백을 뜨거운 물에 넣었다
서서히 녹아내며 노랗게 물들인다.
입술을 대는 순간 울컥 눈물이 솟는다.
서리 내릴 때까지 피어있던 화단의 꽃
진한 그리움으로 목울대가 먹먹하다.
꽃 피던 시절을 잊은 듯 뜨거운 물 속에서
활짝 몸을 여는 네게 눈물 한 방울을 떨군다.
향기로 유혹하던 너는 서서히 몸을 열며
요염하게 활짝 웃는다.

외손녀들

초롱초롱 눈망울이
시간 속에서 젖어들어
귀요미티 사그라든다.
눈만 뜨면 아귀다툼
사랑하는 방법인가
까르르 넘어간다.
7살의 손녀 오동통 귀염둥이
8살 손녀 하늘대는 코스모스
11살의 손녀 내 옷을 입는다.
옴파옴파 먹는 모습 탐스럽다

쌍둥이

13년 세월 속에 쑥쑥
마른 대나무 같은 아이들
싱그러운 소년이 됐다
뽀송한 살 내음 사라지고
새콤 달달한 사내 향기
목소리도 한 톤 내려갔다
굵어진 성대 검어진 살결
pc방에 드나들다 혼줄 난다.
초롱초롱 눈망울 사라졌다
그리움 남아있어 찾는 날엔
앞치마 걸치고 설거지하는 쌍둥이
그것이 채벌이다
마음이 아리다
비눗방울처럼 몽실몽실
웃음꽃 피워주던 시절이 그립다.

100세 어머니

바스락거리는 가랑잎 소리
검버섯 거뭇거뭇 얼굴에 수놓고
반쯤 덮인 흰자위 눈동자 침침하다고,
비틀비틀 넘어질 듯 내딛는 발걸음
뚜걱뚜걱 덜컥대는 치아도 힘겹다.
들리지 않는 귀로 쫑긋 세워도
메아리로 웅웅거릴 뿐,
51키로 통통한 몸집으로 뒤뚱대지만
등살이 아주 고운 우리 엄마다.
육 남매 빨아대던 젖무덤 아직도 포동포동
100세 우리 엄니 한 걸음이 힘겹다
얼마나 걸을 수 있을까 시간이 얼마나 남은 걸까
나도 따라가고 있는데,

손목 깁스 풀던 날

어둠에 단단히 묶였던 날들
빛을 보기 위해 옷을 벗었다.
부끄러운 속살 여리게 움츠리고
가녀린 팔목이 되어 얼굴 내밀었다
길고 긴 6주간의 침묵 속에서
꿈틀대지 못한 시간들이 낯설어
뻣뻣한 관절들은 몸부림쳐보지만
터널처럼 어두워진 낯빛
꼼지락거릴 때마다 느끼는 통증이
비릿한 아픔으로 기다림을 산다.

팔달산

늘 푸른 소나무처럼
다정한 눈빛으로 바라본다.
정조의 효심을 등에 지고
넓은 어깨를 내어주며
지친 마음을 쉬어가라 하는데.
토끼처럼 뛰어가는 아이들 보니
내 초록 시절이 숨바꼭질한다.
나이 먹은 적송들 허리 굽혀 반기고.
낙엽 그늘 드리워진 숲 속에 앉아
정겹게 노니는 산새들 본다
가을이 저물어가는 팔달산은
어머니 품속처럼 포근하다.

어느 연인

희미한 불빛 아래 戀人들
콩닥거리는 심장을 마주하며
떨리는 입술을 포개고
서로의 체온을 느낀다.
이별하는 아쉬움의 파편들을
가로등 불빛 아래 걸어놓고
또 다른 내일을 기약하는
긴 시간 앞에서 만남으로
이어지는 마음의 돛단배 되어
불빛 앞에서 바람을 타고
저 혼자 흔들거린다.

보리의 변신

한겨울 논틀밭틀 짓눌렸던 초록 웃음
봄 들녘 아스라이 사분사분 피어나와
한여름 뜨거운 숨결 토해내는 뙤약볕에
빳빳이 고개 들어 노랗게 익어간다.
한 톨 한 톨 알알이 여문 입술 열고 나와
삭이고 삭힌 몸을 거품으로 피워
달짝지근 쌉쏘롬한 질감의 한 생애
뼛속까지 시원하게 씻어내는
OB로 카스로 크라운으로 탈바꿈한다.

김숙경

글귀들이 윤기를 잃는다.
지난해처럼 나는 또 다짐이란 글자에 아쉬움의 옷을
입히고 싶어진다.

수필

따뜻한 장례식 풍경

휴가

걷기 운동

P R O F I L E

공주 출생. 『한국문인』 수필 부문 신인상 당선
한국문인협회, 경기수필가협회, 동서문학회, 동남문학회, 문파문학회 회원
수상 : 제10회 동남문학상
저서 : 『엄마의 바다』, 공저 『바람이 데려다 준 그리움』

따듯한 장례식 풍경

간간이 부음을 듣는다. 이제는 하나둘 누군가를 떠나보내는 나이가 된 것 같다. 죽음에 순서 없다는 이야기만 빼면 나이 든 숫자부터가 아닐까 하는 생각을 해본다. 문학회 선배님 친정어머니가 돌아가셔서 문상을 다녀왔다. 101살을 이 세상과 함께 하셨으니 천수를 누리신 일임은 분명한 일 같다. 나이 든 사람의 죽음이라도 호상이라고 하지 말라던 말이 떠오른다. 이 세상에 존재하지 않는 부재감 상실감은 누구를 막론하고 그 슬픔의 깊이를 알 수 없다는 뜻이었으리라.

초저녁 장례식장은 한산했다. 발인이 아직 이틀 남아서이기도 하겠다. 부음 소식을 듣고 찾아갔을 때 몇 자리 차지하고 앉은 문상객들만 저녁을 먹으며 망자를 위로하는 듯했다. 상주인 선배는 편안해 보였다. 긴 병에 효자 없고 그 연세라면 이제 보내드려도 섭섭지 않을 거라는 내 생각이 선배의 마음을 앞질러 갔다. 아주 긴 시간 병치레를 감당한다고 생각하면 섭섭지 않을 때 가시는 일도 괜찮을 듯싶다. 그러는 일이 남아있는 사람들에게 아쉬움도 주고 후회도 주리라 생각한다. 나 역시 누워계시는 친정엄마 생각을 하면 역지사지가 된다. 병 수발을 오랜 시간은 안 했지만 점점 지쳐가고 힘이 드는 일만은 사실이었다.

문상 온 사람들에게 일일이 인사를 마치고 옆자리에 앉은 선배 곁에는 중년의 남자들이 예닐곱 명 앉아 있었다. 예전 교편 생활할 때 가르치던 제자들이라고 했다. 선배님 또래처럼 보이는 사람들이 제자라고 하니 놀라웠다. 첫 부임지에서 만난 고등학교 학생들이니 같이 나이 들어가는 모습이 이상할 것도 없는 데 말이다. 처음엔 선배의 동창이 아닐까 하던 시선에서 제자라 하니 우리 일행은 문상 온 그들과 주거니 받거니 이야기도 자연스러워졌다. 과거로 이어지는 그들이 바라보는 선배의 매력은 인기와도 관계있었다. 작고 가냘픈 몸매 풋풋한 여대생의 티를 벗지 못한 갓 대학 졸업한 여선생이었으니 그들의 호기심, 장난스러움과 짓궂음이 얼마나 심했을까 짐작이 갔다.

고교 시절로 돌아가서 이야기하는 그들이 모습이 마치 사춘기 소년 같았다. 상갓집의 어두운 분위기와는 다른 풍경이었기에 지나간 세월을 추억할 수 있었다. 61세 여선생님과 56세의 제자 간의 따뜻한 회상은 훈훈했다. 동시대를 살아온 내게도 여고 시절 선생님을 짝사랑하던 아련해지던 시절이 있었으니까. 지금도 연락하며 지낸다는 그들과 선배와의 사제지간의 아름다운 우정처럼 느껴졌고 덩달아 그들의 이야기에 감정이입이 되었다. 연약한 선생님을 보호하고 싶었을 사춘기 남학생, 자그마한 선배는 얕보이기 싫어 단단해 보이고 싶었을 자존심도 이해가 되었다. 그때는 강인해 보이고 싶어 아이들에게 엄한 교육 방식을 택했었노라고 했다. 그중에 한 사람, 아직도 선배에게 공손하게 예의를 갖추는 학생 같은 제자가 있었으니 존경과 더불어 짝사랑했던 그때의 학생이라고 그의 친구들을 입 모아 이야기한다. 왁자한 웃음도 선배의 화답도 화기애애하다. 마지막 가는 길 선배의 어머니가 마련해준 자리 같았다.

집으로 오는 길 어떻게 하면 아름다운 마무리를 하고 돌아갈 수 있을까. 남아 있는 사람들과의 관계는 어떻게 오래도록 유지하면서 사랑할 수 있을까. 그렇게 이어갈 이웃이 있을까 생각이 많았다. 가끔씩 정리해야 할 일들이 점점 가까워 오고 있다는 생각이 들어서이다. 생의 가을 녘에 놓여진 걸음걸이가 바쁘고 조급하다. 이룬 일 없는 아쉬움에 공허한 독백이 자꾸만 많아진다. 누구든 가을걷이를 잘하고 싶은 마음은 같을 것이다. 내가 이루지 못한 일 있으면 내 후손이라도 그러길 바래보는 마음, 그것은 잘 살아내주길 바라는 마음과 같음이라고 생각한다. 저승에서 아름다운 사랑을 지닌 이웃을 바라볼 선배 어머니의 장례식장에 본 풍경은 아프기보다 참 따뜻했다.

휴가

헐값에 팔린 방앗간의 기계들, 그 방앗간은 엄마가 쓰러지기 전까지 50여 년을 우리 가정을 지탱해준 터전이기도 했다. 안주인이 돌보지 않은 그 모든 것들은 4년 넘게 먼지를 뒤집어쓴 채 녹슬어가고 부식되어 갔다. 누워있는 엄마는 시집와 일궈놓은 살림들이 이렇게 제값도 못 받는 고철 덩어리로 전락한 줄도 모른다. 우리들은 오랜 분신이었을 그것들을 쉽게 처분하지 못하는 아버지를 비난했다. 흉물스럽게 웅크리고 있는 그 모습이 쓰러진 엄마 같기도 했고 결국 눕게 만든 원흉 같아서 보기 싫었다. 참 오랜 시간 아버진 그 기계들을 보내지 못하고 고심했다. 당신의 젊은 시절 하나둘 사 모으던 재산이었고 힘겹고 어려웠던 시절을 버텨준 삶의 대상이기도 했기 때문일 것이다.

우린 보기만 해도 고단하고 힘겹게만 느껴졌던 그곳을 헐어버리고 그 자리에 나무도 심고 화초도 심어 작은 정원을 꾸미자고 했다. 엄마만의 몫이었던 힘겨움을 조금이나마 덜어주자고 했을 땐 엄마의 건강이 아주 나쁘지 않을 때였다. 엄마에게 앞으로 남아있는 여생 휴식기를 주고 싶었던 게 우리 모두의 바람이었다. 저녁 늦게까지 우당탕탕 돌아가는 기계 소리 보다는 엄마와 나란히 앉아 이야기하는 편안하고 평화로운 집이 되었으면 하는 것이 우리 모두의 소망이었다. 55세까지만. 그러길 10년도 더 넘게, 놀면 누가 돈 주니 몸뚱이 움직일 때 한 푼 이라도 벌어야지. 쓰러지기 전까지 무수히 되뇌던 엄마의 입버릇 같던 말들이 병이 깊어가는 단계인 줄 우리는 까마득히 몰랐다.

김숙경

071

엄마는 다시 두 발로 일어서기 힘들어졌다. 더 이상 나빠지지 않고 멈추기를 기도했던 기억력도 점점 헐겁고 낡아지기만 한다. 그런 반면 거칠고 투박했던 손은 한 번도 힘든 일을 하지 않았던 듯 곱고 매끄러워져 간다. 누워있는 기간이 길면 길수록 엄마는 예전 고운 모습으로 돌아갈 것이다. 쓰러진 이후 우린 엄마에게 휴가를 주었다고 생각했지만 휴가 기간이 길어지면 길어질수록 우리는 혹여 긴 병에 엄마를 짐스러워 할까 봐 그게 지레 걱정이었다.

하나둘 분해되어 사라지는 기계들을 보면서 늙으신 아버지가 엄마에게 회심한 듯 털어놓은 말, 당신 고생했던 방앗간 이제 없어. 엄마가 알아듣지 못할 말씀이라도 쓸쓸하게 건넸을 아버지 그 순간 잠깐이나마 기억이 돌아왔다면 엄마는 눈자위가 붉어졌으리라. 아버지의 고집도, 당당했던 젊음의 뿌리도 쇠잔하여 버린 촌로의 외로움. 지난날의 회상만으로 서글퍼진 아버지의 작은 어깨가 가엾다. 일방적인 이야기에 아무렇지도 않은 엄마의 무심함도 아버지를 서글프게 했을 것이다. 욕심 많은 아버지, 천형처럼 고단했던 삶을 받아들이던 엄마, 두 분의 온 세계가 담겼던 파노라마는 이젠 고철 덩어리로 뭉뚱 그러졌다.

폐허 같았던 방앗간 건물은 부서지고 이제 앞마당으로 훤하게 자리했다. 엄마가 눈만 뜨면 서성대던 그곳은 이제 흔적도 없다. 언젠가 화분에 심겨진 꽃에 물을 주던 모습이 낯설었던 엄마, 엄마도 분명한 여자였는데 행복해야 하고 여유 있어야 할 엄마를 배려하지 못한 아픔이 오래도록 후회로 남을 것 같다. 휴가가 끝나기 전 앞마당에 심겨진 산수유 그늘에 앉아 휠체어에 탄 엄마와 도란도란 옛 기억을 꺼내고 싶다. 얼마 전 일 말고 아주 오래된 이야기들만 꺼내어 엄마를 웃게 하고 싶다.

걷기 운동

장마 끝 불볕더위가 시작이다. 조금만 움직여도 등에 땀이 맺힌다. 한여름을 어떻게 나야 할까 미리부터 걱정이다. 더위에 지치다 보니 웬만하면 움직이는 일과 멀리하고 싶어진다. 그러다 보니 나잇살과 먹어서 찌는 살들이 장난이 아니다. 자신을 가꾸지 못하는 게 으름의 극치라고 인정한다. 부지런한 사람들은 자기 자신을 가꾸는데 항상 뒤처지지 않으려고 노력한다. 그런 반면 나는 힘들고 시간이 없다는 이유로 나의 건강을 방치하고 있었다. 오늘은 꼭 근교 저수지 한 바퀴라도 돌고 와야지 아님 광교 공원까지 걸어갔다 와야지 다짐만 하지 실천하지 못한다. 사람들과 만나는 일이 좋아, 때로는 술좌석이 좋아 오늘만 하다가 내일로 미루는 일이 다반사였다. 그러다 용수철처럼 튕겨져 나왔다. 그래야만 할 것 같은 결심으로 걷기 운동에 들어갔다.

우선 급하다고 서둘러 택시 타는 일을 자제했다. 버스를 타더라도 한 정거장 더 가서 타기 위해 걷는다. 교통편이 좋지 않은 곳은 걷기에 많은 도움이 된다. 걷기를 싫어하던 예전 같으면 손쉽게 택시부터 탔을 것이다. 택시비 아낄 겸 걷는 운동으로 살 빼기 효과를 누리는 일석이조를 원하지만 아직은 시작에 불과한 일이다. 작심삼일이 되지 않기를 바라는 마음으로 이번에는 건강과 함께 다이어트에 돌입했다. 나이가 들면서 골다공증을 염려해야 하고 몸이 무거워 다리에 무리가 오고 아랫배는 사정없이 나와 옷마다 지퍼가 채워지지 않는 불상사가 발생했다. 작년에 입었던 옷 다르고 올해는 그나마 살 좀 빼고 사 입어야지 하다 보니 패션부터 엉망이다. 몸매가 받쳐주지 않으니 당연한 이야기다.

여자가 여자를 바라봐도 아름다운 것은 군살도 없이 당당한 몸매, 그리고 자신감 넘치는 그녀들의 활보다. 결혼해서 아이를 낳고도 자기 관리를 잘해서 아랫배 넘치지 않는 에스 라인을 가진 그녀들은 멋져 보인다. 웰빙 시대를 한 몫 거두는 일도 그녀들이다. 부지런함 뒤에 자신을 다스려온 애쓴 결과라고 생각한다. 노력 없이 성과 없다는 말을 그들은 실천하고 있기에 대단해 보인다. 운동도 여러 가지 있지만 쉽게 할 수 있는 운동이 걷기가 아닐까 생각한다. 단순히 걷는다 해서 내가 원하는 체중이나 지방을 줄이는 일은 힘든 일인 것 같다. 어떤 목표를 갖고 하루 20분 이상 3개월을 꾸준히 지속해야 한다니 인내력을 요구하는 일이기도 하다

날씨가 덥다 보니 밖으로 나오는 사람들이 많다. 공원이나 하천 주변을 따라 걷는 사람들, 느린 걸음으로 산책하며 초저녁 길을 한가하게 걷는 사람들도 많이 본다. 이제 먹고 살기 위해 걷고 뛰는 게 아니라 자신의 건강을 지키기 위해 시간을 투자한다. 걷기 운동의 효과를 거둔 보고가 많이 있다. 암을 비롯한 심장질환과 치매를 예방한다고 한다. 이 밖에도 대장암이나 유방암 전립선암 당뇨병을 예방하는 효과가 입증되었다고 한다. 무엇보다도 규칙적인 운동과 생활을 하나 보면 현재 부담스러운 몸무게의 체중이 몇 눈금씩 내려가는 희열을 맛보지 않을까. 시작이 반이라 했으면 끝도 보아야 할 것 같다. 나 자신을 당

당하게 내보이려면 죽지 않을 만큼 혹사시키는 일도 이번 계획에 포함되어야 할 일이다.

환경이 오염되어 병마와 싸우는 사람들이 많다. 물질문명이 발달하면 할수록 고도의 병들이 사람의 몸에 침투하여 죽음까지 이르게 한다. 그 옛날 못살던 농경 시대에 비하면 병이란 이름도 각양각색이다. 의술은 발달했지만 모든 죽음을 건질 만큼 위력이 있진 않다. 체력이 달리고 먹는 것마저 부실하던 그 시대는 오히려 건강을 염려하지 않아도 됐다. 지금 보면 그때가 정말 웰빙 시대였던 것 같다. 패스트푸드나 조리해놓은 음식을 먹지 않고 인스탄트 식품마저 모르고 살던 그때가 오히려 사람의 건강을 더 지켜주었던 것 같다. 지금처럼 걷지 않아도 충분한 노동력이 대신해주었고 힘든 만큼 충분한 수면으로 피로함을 밀쳐내니 면역력을 길러주는 일이 가능했을 것 같다.

배의 둘레에 따라 가난한 사람과 부자를 구분한다고 하니 세상 인식이 많이 달라진 셈이다. 예전 못살던 그 시대엔 배 나오고 살이 두둑하니 쪄야만 인격이 돋보이고 살만한 사람이라 생각했는데 지금은 그 반대의 현상이 되었다. 가난한 사람은 사는 일을 체념해서 먹기에 급급하고 부자는 관리하면서 먹는다고 하니 격세지감이 느껴지는 풍속도가 되었다. 너도나도 모두가 뛰고 걷는 사람이 많아진 것을 보니 건강은 누구나가 지켜야 할 커다란 재산이 된 것이다. 건강을 잃으면 모든 것을 잃는다고 했다. 걷기 운동을 시작하면서 너무 과장된 몸짓으로 표현하고 있는 것 같지만 이렇게 함으로써 내 건강을 위한 운동을 다짐하고 있는 것이다. 공개된 약속, 그것이 내가 행동으로 옮길 수 있을 것임으로.

김숙경

전옥수

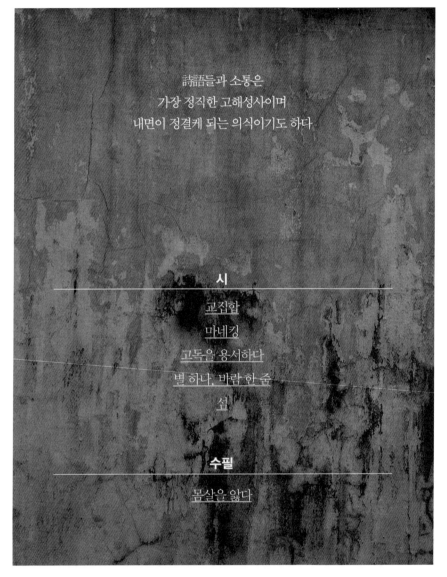

詩들과 소통은
가장 정직한 고해성사이며
내면이 정결케 되는 의식이기도 하다

PROFILE

부산 출생. 『문파문학』 시 부문 신인상 당선 등단.
동남문학회 회장, 문파문인협회 부회장, 수원문인협회 회원, 경기시인협회 회원, 수원시인협회 회원
수상 : 제10회 동남문학상
저서 : 공저 『하늘 닮은 눈빛 속을 걷다』 외 다수
E-Mail : ohksu1003@naver.com

고집합

파란 불꽃 파르르 떨다

허리춤에서 멈춰버린

무명천 같았던 그녀와의 시간들

단팥죽 속에 묻혀 있던

인절미 조각처럼 목젖을 뜨겁게 훑는다

명치끝에 칭칭 감겨 있던 옅은 기억은

포목점 구석에 진열되어 녹슬고 있었다

새하얀 교복 카라

풀 먹여 빳빳하게 다림질하던 그 체온

두루마리 휴지 풀어내듯 꺼내 비행기를 탔다

딸과의 여행

깍지 낀 손가락 사이에

축축하게 고여드는 흐느낌

티켓팅을 하고

커피를 마시고

낯선 거리에서 쇼핑을 하고

사진을 찍다가

혈관같이 촘촘히 이어진 내 어머니 길에

내 딸과 함께 서 있다

전옥수

마네킹

거리를 나선다
봄바람에 잠식당한 뇌세포는
습관처럼 손에 든 커피만 들이켠다
sale!
이라고 쓰여진 윈도우 귀퉁이에
텁텁한 계절의 찌꺼기들이 매달려
안간힘을 쓰지만
선택받지 못한 찬밥 신세다
유리벽을 사이에 둔 그 숲
국적을 알 수 없는 도도한 그녀가
허물을 벗는다
군살 없는 단단한 의지와
반지르르한 윤기가 온몸을 감았다
11시 방향을 가리키는 콧날은
군더더기 하나 없는 자존심이다
엷은 자목련 꽃잎 한 장으로 가까스로 가린
봉긋이 솟은 가슴
잘록한 허리 아래로 미끄러지듯 입은 봄
챙 넓은 모자에 기대선
수줍은 바이올렛 꽃잎들이 휘파람을 타며

쇄골 언덕을 누빈다
여백 없이 꽉 채워진 백치미
비발디의 손끝이 건반 위에서 그녀를 예찬한다

고독을 용서하다

도무지 맞추어 지지 않는
시선 한 자락
쿵하고 내려와 가슴에 자리했다
봄 햇살 찾아 흐르던 시간은
구닥다리 컴퓨터 같이 버벅 거리고
천정에 나열되는 밤은 하얗다
웅덩이에 던져진 요셉의 옷깃에 깃든
고독을 주워 담는다
찰랑찰랑 채워진 항아리를 들고
우물가에 서성이는 그녀는
목이 마르다
'새 계명을 주노니 서로 사랑하라'
'우리가 우리에게 죄 지은 자를 사하여 준 것 같이
우리 죄를 사하여 주옵시고'
그녀 눈가에 삼월 봄볕이 보석같이 매달린다

별 하나, 바람 한 줌

새로운 길 따라

흘림체로 오르는 언덕

하늘을 우러러 한 점 부끄럼 없기를

소원하던 별 하나

암울한 물탱크 속에

시린 눈물로 고비 고비 붉게 맺혔다

수조에 싸인 네모난 하늘

그렁대던 별빛 흩뿌려진 인왕산 기슭

하얀 풀꽃 흐드러져 눈물겹다

거친 콘크리트 벽 틈으로

흑백으로 투영되고 사라지는

젊은 시인의 생

노란 햇살 비집고 달려온

바람 한 줄기

별을 헤듯 길고 긴 심연 깨운다

---

*윤동주 문학관을 다녀와서

섬

모진 멍에 등에 지고
주름진 등대들이 모여 사는
미역귀 닮은 작은 섬
뭍 향해
애절한 불빛 밝히며
가슴속에 외로운 섬 하나 지었다

허리에 꽁꽁 동여맨 마대 자루 입가에
새벽부터 건져 올린 물미역이
짙은 노을빛으로 그득 채워지고
자궁 떠난 모성은
바람 든 무같이 숭숭해진 허릿심으로
비릿한 바다를 질질 끌어다
모판 위에 널어 말린다
한 세월 더듬던 억센 사투리로
토해내던 노랫가락이
눅눅한 소금기에 섞여
너덜너덜 녹슬고 헤진 육신처럼
축축하게 젖어드는 어스름
라배島

그 작은 섬에는

등대 불빛같이 시린 바다가

골목마다 까맣게 익어간다

몸살을 앓다

한 장 남은 달력이 핏기없이 야위어 초췌하게 말라가고 있다. 두둑한 새 달력의 무게는 짓누르다 못해 온몸을 욱신거리게 한다. 시계바늘은 한 땀 한 땀 초조함을 더해 걷고 있다. 아끼던 것을 잃어버린 것 같은 상실감에 허허로운 시간들이 열꽃을 피우는 시기이다. 볼을 에는 차가운 바람 사이로 송년회다 각종 모임이다 하여 숨 가쁘게 식은땀을 닦아내기도 한다. 몸을 사려야 한다는 의지만으로 힘겹게 연말을 지나고 있음을 느낀다.

스마트폰의 몸살도 아마 이 시기인 거 같다. 한 해 동안 가장 수고하고 함께해 준 절친 중에 절친이다. 성탄절과 연말연시를 축하하는 메시지들과 그림카드, 음악, 동영상들이 폰을 손에서 떨어지지 못하게 한다. 심지어 주방에서 음식을 준비하면서까지 젖은 손으로 드래그를 해대는 통에 온몸이 젖었던 폰이다. 스마트하지 못한 주인을 만나 그 이름값을 못하는 것 같아 미안하다. 일촉즉발로 반응하던 폰이 갑자기 고요하다 탈이 난 것이다. 다급한 마음에 전원을 끄는 처방으로 잠시 위안을 한다. 한 시간만 쉬게 하자고 다짐해보지만 십 분도 못되어 전원을 켜고 만다. 아무 일 없다는 듯 생글거리지만 스마트폰도 지금 몸을 사리는 중이다.

도서관이 취업준비생들로 몸살을 앓고 있다. 취업준비생 자녀를 둔 부모의 마음은 간절함을 지나 초연함에 이르렀다. 대학 입시보다 치열

한 취업 경쟁 구도 속에 각종 스펙의 담을 넘기에는 너나없이 마음과 몸을 사리지 않을 수 없음이다. 이 사회를 대변하는 듯 취업과 씨름하는 젊은이들이 마치 거북이 목을 움츠리듯 온통 도사리고 있다. 백 개의 기업에 지원해서 겨우 입사하게 되었다는 어느 젊은이의 고백 속에 묻어있는 으슬으슬한 몸살 기운이 한기로 전해온다.

남편이 영양제를 맞고 있다고 연락이 왔다. 남자가 아프다고 하면 괜히 화가 난다. 아직은 아프면 안 되는 사람처럼 말이다. 언제나 가장으로서 든든한 버팀목이어야 한다는 나만의 당위성이 있었던 게다. 배 나오고 덩치 큰 사람이 침대에 누워 앓고 있는 모습은 정말 보기 흉하다. 몇 해 전부터 남편은 연례행사처럼 이맘때가 되면 한 차례씩 감기 몸살로 앓아눕는다. 부지런히 앞만 보고 달려온 시간들이 몸을 사릴 기회조차 주지 않았던 것이다. 그래서 남편도 자신의 몸을 이제야 사리며 건강 보조 식품들을 이것저것 유난히 챙겨 먹었던 게 아닌가 싶다.

아픈 만큼 성숙한다고 한다. 살아가는 동안 몸을 사리는 일은 누구에게나 찾아오는 일이다. 수순이라면 잠시 쉼을 가지고 진탕 앓아 보는 것도 도움이 된다고 생각한다. 조급함으로 항생제에 의존하기보다는 삶의 전원을 잠시 끄고 고요히 열꽃을 피워보자. 도란도란 온기 어린 가족들의 관심을 받아보는 호색도 누려보자. 새 달력의 두께 속엔 진한 잉크 냄새와 함께 더 큰 희망이 담겨 있지 않은가. 이 보 전진을 위한 일 보 후퇴다. 보다 성숙되고 건강한 삶의 도약을 꿈꾸며 한 해를 보내는 심한 몸살을 앓는다.

허정예

가을이 깊어 갑니다.
책장을 열어 긴 겨울을 넘길 책을 찾아봅니다.

P R O F I L E

강원도 홍천 출생. 『문파문학』 시 부문 신인상 당선 등단
문파문인협회 회원. 동남문학회 회원
저서 : 시집 『詩의 온도』, 공저 『시간 속을 걸어가는 사람들』 외 다수

어머니

하교 시간에 꽁꽁 언 손
호호 매만지며
솜저고리 안섶에 넣어주시던
따뜻한 손
그 손 놓아, 진학 때문에 도시로 와
속정 한 번 가슴에 부비지 못한 딸
불혹지년, 딸인데
친정 갔다 돌아오는 가방엔
언제나 빨간 지폐 몇 장
꼬깃꼬깃 접어
빠질세라 속 끓이며
손 흔들어 눈 훔치시던 어머니
엄마~아 엄마야 부르면
대답하는 소리 들려 행복했는데
하늘 아래 어디서든
그 모습 그 소리
가슴에 메아리로 박힙니다.

허정예

등목

삼복더위에
밭에서 돌아온 아버지
얼굴 새카맣다
'등에 물 좀 뿌려라'
펌프에 매달려 퍼 올린 물
바가지로 허리춤부터
한 바가지 두 바가지 연거푸 끼얹으면
'어하 시원하다' '어 시원하다'
머리까지 벅벅 훑어 씻던
목소리 들리는 듯
그렇게 기억은 추억이 되고
등대처럼 밭고랑에 서 있던,
쉼 없던 아버지의 모습
이 가을 낙엽 부서지듯
알싸한 그리움
관절까지 저려온다.

우럭탕

친구가 건네준
우럭을 깨끗이 손질하고
다시마 양파 멸치 대파
소금 간장에 육수 내
무 반듯반듯 썰어 밑에 누이고
매운탕을 끓인다
자기가 던진 낚싯줄로 우럭을
잡았다는 그녀의 해맑은
얼굴이 파도처럼 밀려온다.
냄비에선
보글보글 바글바글
참이슬 노래 부른다.
땅거미 한 아름 몰고 돌아온
그 남자
눈가에 미소 가득하다
오랜만에 찰랑찰랑 따라주니
한 잔 술에 행복한 얼굴
보름달처럼 환하다

허정예

예행연습

연습 없는 인생길
세상에 태어나는 것도
저 세상에 가는 것도

생로병사 굽이굽이 고개를
쉼 없이 흘러가는 삶

강물이 흘러 여기저기 부딪혀
실수투성이로 살아가듯
속고 사는 인생
그래서 세상은 요지경이다

이슬처럼 사라지는 나그넷길인 걸
내일이 영원할 거란 착각 때문에
아등바등 욕망만 채우려 한 삶

예행연습 없는 인생
길이요 진리요 생명 되시는
그분의 말씀 줄 잡고 걷는다.

지뢰

육십오 년 흑암 속에서
독을 품고 사는 미라
한 많은 세월
백두산과 한라산은 마주 보는데
너 혼자 검은 몸을 묻었구나.
너의 독기를 건드려 절름거리며
삶을 살아온 형제를 기억하라
한 핏줄 한 형제
이별한 지 수십 년이 되었건만
철책선은 아직 길을 막고
검은 눈물 흘리고 있다
철새는 남북을 오가는데
남북의 부모 형제 허공의 메아리뿐
밤하늘의 뭇 별들도
그리움에 잠 못 이루는 밤
사철은 변함없이 찾아오건만
너는 그 자리에 웅크려 앉아
귀한 생명만 노리는구나.

귀농

들꽃들이 춤추는
길을 따라 산허리 돌아 찾아간
아우네 집
한 차례 스치고 지나간 빗방울
가을 향기가 솔바람에 묻어난다.
길가엔 코스모스 갈바람에 흔들리고
하얀 목화꽃 같은
동생이 웃으며 반긴다.
먼지 낀 도시의 바쁜 틈바구니에서
인내하며 세월을 이긴 동생이
귀농하는 날
한편으론 옆구리가 허전했다
낮은 지붕엔 조롱박 구르고
농부의 아낙이 된 아우는
들깨 털이에 분주하다
시아버지 살뜰히 모시고
어디서나 하나님 제단을 쌓는
신앙을 지키는 복 받을 동생아
어머니 같은 고향 땅에서
네 꿈을 맘껏 펼쳐라

잡을 수 없는 그대

먼 훗날
당신이 나비 되어 날아오면
나는 꽃피어 그대를 기다릴래요
그대가 돌이 된다 해도
나는 흙이 되어 당신을 품어줄래요
그대 나뭇가지에 잎 피었을 때
바람 되어 당신을 간질일래요
그대가 태양 되어 세상 비출 때
나는 달이 되어 당신의
사랑을 강가에 그려볼래요
그대가 구름 만들면
나는 비 되어 세상을 깨끗이 소지할래요
그대 오선지에 사랑을 그릴 때
꾀꼬리 되어 당신의 사랑을 노래할래요
먼 훗날 내 곁에 다가올 때
나는 수줍은 꽃잎 되어 당신의
가슴에 사랑을 심으렵니다.

박경옥

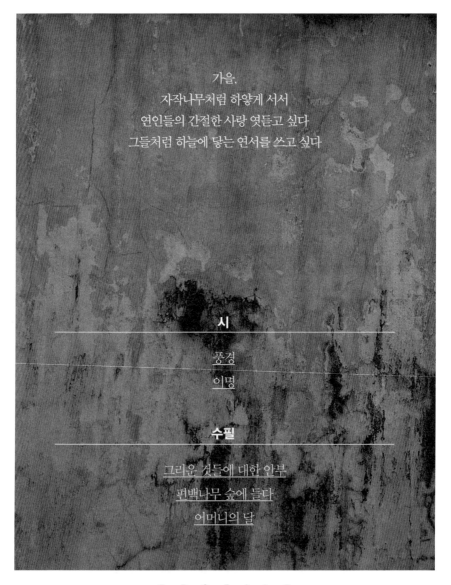

가을,
자작나무처럼 하얗게 서서
연인들의 간절한 사랑 엿듣고 싶다
그들처럼 하늘에 닿는 연서를 쓰고 싶다

시

풍경
이명

수필

그리운 것들에 대한 안부
편백나무 숲에 들다
어머니의 달

P R O F I L E

전북 군산 출생.『문파문학』수필 부문 신인상 당선 등단. 한국시학 동시부문 신인상 당선 등단.
한국문인협회 회원. 문파문인협회 회원, 한국카톨릭문인협회 회원. 경기시인협회 회원
동남문학회 회장 역임. 독서논술교사.
수상 : 제9회 동남문학상 수상   저서 : 공저『1초의 미학』외 다수

풍경

그녀에게선
햇살 따스한 날
울타리에 내려와 환하게 웃고 있는
노란 개나리꽃 향기가 나요
봄볕처럼 그렇게 상큼하게 퍼져요

그 곁에 가만히 서 있으면
바람에 흔들리는 풍경처럼
나도 금방 노랗게 물이 들어요

마음 밑바닥 쌓아 둔 그녀의 말들이
이제 하나씩 껍질을 벗고 눈을 뜨더니
살금살금 세상 밖으로 걸어 나와요

뭉게구름 하얗게 돛단배로 흐르고
꽃잎 같은 바람이 살폿 부는 오후

봄꽃 같은 그녀가 노래를 해요
세상에 하나뿐인 그녀만의 노래로
오선지에 하나씩 그려나가요

박경옥

그리움에 지친 누군가의 마음을
따뜻하게 사랑으로 적셔주면서
오래오래 가슴으로 불러주기를

이명

그래요 함께 살아요
어느 날 불청객으로 찾아온 손님
한때는 밀어내려 안간힘을 썼지만
쇠똥구리가 경단을 굴리듯
삶의 무게 함께 지면서 손잡고 가요

양지바른 곳 담벼락에 내려앉은
햇살 한 움큼 같은
봄나물 풋풋한 향기 같은
오래된 편지가 담겨 있는 서랍 속
문득 다시 들여다보고 싶어지는
깊은 그리움 같은
그렇게 살아내면 못할 것도 없지요

이제는
풀숲에서 우는 여치 소리로
대숲에 사는 바람 소리로
내 안에 사는 또 하나의 내가 되어
친구처럼 웃으며 건너오고 있어요

박경옥

바람 소리야

아니 기차 소리인지 몰라

고요의 늪에서 들리는 여치 소리네

그리운 것들에 대한 안부

세월이 흐를수록 그리운 것들이 많아진다. 길을 걷다 어디 선가 흘러나오는 낯익은 노래가 들리면 문득 옛 생각에 사로잡혀 가슴이 뭉클해 걸음을 멈추기도 하고 앨범을 뒤적이다가 오래된 흑백사진을 보면 겨울 숲에 사박거리며 내리는 흰 눈을 보는 것처럼 추억 한 풍경에 마음이 폭 빠지기도 한다. 노래도 사람도 심지어 미움까지도 시간과 함께 사라지는 게 삶이다. 사라지는 것은 모두 아름다운 것들이라고 하더니 그래서일까 사라져 간 것들의 안부가 가끔씩 못 견디게 그리울 때가 있다.

가을에 들었다. 한여름 뜨겁던 햇살도 시간에 떠밀려 어느새 순해지고 아파트 뜰 감나무에선 가을이 주홍빛으로 풍성하다. 주렁주렁 매달린 감 빛깔이 아침 새의 부리에 묻은 맑은 노래처럼 곱다. 익어가는 이 가을의 문턱에서 나는 눈이 크고 예뻤던 그녀가 보고 싶다. 마음이 여리고 고운 심성을 지닌 그 친구는 학창시절에도 늘 책을 끼고 살더니 대학 도서관 사서가 되었다. 차를 좋아했던 그녀의 방에선 늘 향기로운 차 향이 흘렀다. 친구들과 만날 때도 그녀는 커피를 시킨 적이 없다. 그래서 나는 그녀를 생각하면 책과 함께 은은한 차 향기가 떠오른다.

결혼을 하지 않은 탓인지 그녀는 나이를 먹어도 늘 소녀 같았다. 하고 싶은 공부도 하고 문화생활도 즐기면서 봉사활동도 활발히 했던

박경옥

099

그녀가 세상을 떠난 건 작년 가을이다. 난소암이 재발해서 신장까지 전이가 되었는데 혼자 있다 보니 치료 시기를 놓치고 만 것이다. 독신으로 우아하게 사는 그녀가 부러웠던 우리는 과연 슬픔에 빠진 가족을 남겨놓고 가는 것이 나은지 핏줄 하나 남겨놓지 않고 이 세상을 떠나는 것이 홀가분해서 좋은 건지 혼란스러웠다. 혼자여서 더 쓸쓸해 보이고 가슴이 아팠던 건 사실이다. 수술하지 말라는 의사의 말을 듣지 않고 기어이 방광 수술을 한 직후에 병원에서 그녀를 만났다. 코와 입에 호스를 끼고 있으면서도 꼭 나아서 맛있는 거 사주겠다고 웃으며 말하더니 그게 마지막이었다. 감나무에 내려앉은 햇살이 주홍빛으로 물드는 저녁, 그녀가 갔다. 그녀는 어쩌면 가을 들녘에 핀 흰 구절초 같은 별이 되어 밤하늘에 떠 있는 건 아닐까.

고향에 갔다가 아주 오랜만에 어린 시절 모교를 찾았다. 내가 공부하고 뛰놀던 학교는 사라지고 학교 건물도 운동장도 울타리도 전혀 다른 모습으로 서 있었다. 어떻게 옛 모습이 하나도 남아 있지 않은 걸까. 이름만 똑같고 학교는 내가 다니던 학교가 아니었다. 몇십 년이 흐른 지금 옛 건물이 그대로 남아 있기를 바라지는 않았지만 그래도 한 곳 정도는 추억을 회상할 수 있는 곳이기를 바랐다. 운동장의 나무조차 그 옛날의 나무가 아니었으니 기억의 창고에서 꺼낼 수 있는 것이 하나도 없었다. 너무 낯설었다. 그나마 다행히도 뒷산이 남아 있었다. 비만 오면 운동장이 질퍽해져서 실과 시간마다 학교 뒷산에서 흙을 퍼 날랐던 곳, 미술 시간이면 올라가 팔마산 아래로 흐르던 강물과 기차를 그리며 꿈을 키웠던 곳이다. 그토록 크고 우람하게 서서 우리를 품어주던 산은 아주 작은 동산에 불과했다는 사실 앞에서 허전함이

밀려왔다.

동산이 작아지기 시작할 때부터 고향을 잃기 시작한다고 한 말은 진리였다. 그나마 재개발로 그 산마저 곧 사라질 것이라 했다. 마음 한 귀퉁이로 세월의 두께만큼 슬픔이 일었다. 사라진다는 건 무엇일까, 그것 또한 별이 되어 가끔씩 마음 안에 뜨는 것은 아닐까.

고향은 찾아갈 때마다 변해간다. 푸성귀 같은 아이들 웃음소리 앞집 마루까지 들리던 낡은 골목길, 어스름 날 저물도록 자치기 깡통차기 흙냄새 펄럭이다 밥 먹으라고 부르는 어머니 목소리에 아이들 하나둘씩 달려가 버리고 나면 골목길도 어느새 꾸벅꾸벅 졸음에 겨웠다. 팔 벌리면 앞집이 닿을 듯 좁디좁은 그 골목이 그때는 운동장만큼 넓은 줄 알고 뛰놀았다.

한여름 밤이면 팥 칼국수 만들어 이집 저집 돌리고 골목 한쪽 평상을 펴고 앉아 지나가던 사람들 푸짐하게 한 사발씩 퍼주던, 담벼락 밑 채송화처럼 피어나던 손때 묻은 인정은 다 어디로 갔을까. 오래전 버리고 떠난 허름한 그곳에 서면 시계처럼 정확히 퇴근하시는 아버지 자전거 소리도 나비의 더듬이 같은 시간 속에 숨 쉬고 있는데 이제 오래된 이 골목도 재개발의 올가미 속으로 사라진단다. 인간에게만 과거의 기억을 바탕으로 미래를 기획하는 문화가 있다는데 내 유년의 뜰이 사라지고 나면 이제 어디에서 내 아름다운 문화를 만들어 낼까. 이것이 나를 슬프게 한다.

다시 돌아올 수 없기에 아름다운 거라고 슬픔에게 토닥토닥 위안을 해본다. 첫사랑을 생각하면 내 마음에선 맑은 시냇물 소리가 난다. 그것 또한 다시 오지 못하기 때문일 것이다. 저녁 하늘을 아름답게 물들이는 노을도 서쪽으로 사라지기 때문에 아름다운 것이다. 청춘을 쓰다듬던 많은 노래들도 어디론가 떠나버렸기에 그리운 것일 테다. 꽃처럼 사람도 언젠가는 떠나간다. 그래서 사라지는 것들이 그리운 것이다. 그리운 것들의 안부를 물으며 익어가는 가을 속에서 맑고 푸른 하늘을 올려다본다.

편백나무 숲에 들다

편백나무 숲길로 들어서자 기다렸다는 듯 향내 묻은 바람이 악수를 청한다. 언제부턴가 형체를 알 수 없는 그 무언가를 그리워하고 있었던 것일까 먼 곳의 그리운 것들이 한꺼번에 가슴으로 밀려들어오는 느낌이다. 몇 시간을 달려온 피로가 한 걸음 떼어낼 때마다 바닥으로 떨어져 내려 발걸음을 가볍게 한다. 쭉쭉 뻗은 편백나무에서 신선한 향내가 바람을 타고 온다. 푸른 잎 무성한 나무들 사이로 가끔씩 내리비치는 햇살조차도 따갑지 않은 건 숲이 가진 짙고 깊은 향내 탓이다. 네 탓 내 탓 하면서 받았던 상처들이 서서히 아물어 가는 듯 몸과 마음이 편안해진다. 오가는 사람들의 밝은 웃음이 숲 속의 새소리처럼 상쾌하다. 휴식을 위해 찾아간 치유의 숲은 그렇게 우리를 맞아들였다.

분주하게 짜여진 일상, 그 일상의 틀 안에서 우리는 지쳐 있었다. 아침에 눈을 뜨면 서둘러 아침을 먹는 둥 마는 둥 출근하고 하루 종일 업무에 시달리며 지쳐 집으로 들어오는 시간은 대체로 늦은 시간이었다. 가끔씩 주말이면 시간을 내 바람을 쐬러 야외로 향하곤 했지만 짧은 시간에 지친 육신을 내려놓긴 무리였다. 게다가 최근 그마저도 소원해졌다.

주말에도 나는 성당 카페 봉사를 하기 위해 아침 일찍 집을 나선다. 그때마다 그는 홀로 TV를 보거나 동네 산을 다녀오곤 했다. 대화의

박경옥

시간이 줄어들게 되자 서로에게 무심해지고 무덤덤해졌다. 한 달에 한 번 부부 모임에서 느낌 나누는 시간에도 진정성 있는 느낌이 잘 전달되지 않았다. 보이지 않게 한 겹씩 벽이 쌓여가고 있다는 것을 우린 알아채지 못했다. 어느 날 문득 지쳐 돌아온 그의 어깨가 힘겨워 보였다. 그는 서서히 우울의 늪으로 빠져들고 있는 중이었다. 막연한 불안감이 가슴을 서늘하게 했다. 그동안 나는 삶의 가치를 어디에 두고 시간의 강물에 몸을 맡기고 있었던 것일까 때때로 삶은 우리에게 진지하고 깊은 쉼표를 요구하고 있다는 생각이 스치며 회의와 자책이 한꺼번에 밀려왔다.

바쁜 일상에서 빠져나와 휴식을 취해야겠다는 생각으로 그에게 휴가를 내라고 했다. 처음엔 펄쩍 뛰었다. 지금 얼마나 바쁜데 휴가를 내느냐며 화를 냈다. 어디 조용한 휴양림에서 며칠 쉬면서 방전되어버린 기운을 충전시키자고 설득을 했다. 그동안 막혀있던 우리들의 대화에도 물꼬를 트는 시간이 필요하다는 생각을 그도 가지고 있는 듯했다. 온전히 우리를 위한 시간으로 채우고 싶었다. 앞만 보고 달려왔던 날들을 돌아보며 서로의 가슴에 따뜻한 마음을 얹어주는 일이 시급 했다. 시간을 내기 어려웠던 회사 일이었지만 간신히 휴가를 내는 데 성공했다.

전남 장성 축령산은 편백나무로 조성된 치유의 숲이다. 그리 높지 않으면서 걷기 좋을 만큼의 푸른 숲길이 많은 사람들의 발길을 끌어들인다. 하늘을 향해 치솟아 있는 쭉쭉 뻗은 편백나무에서 나오는 피톤치드는 소나무의 다섯 배 정도를 발산한다고 알려져 있다. 편백의 향기가 입구에서부터 우리 몸을 에워쌌다. 그동안 쌓였던 마음의 짐들을 벗어버리고 우리는 손을 잡고 천천히 걸었다. 모처럼 느긋한 여유가 맞잡은 손과 손 사이로 촉촉하게 흘러들었다. 간간이 이름 모를 새들이 후르륵 푸른 향기를 물고 일제히 날았다. 참나무 사이로 찔레꽃 향기가 하얗게 바람을 타고 온다. 귀를 열고 바라보면 숲 속의 풍경도 순간순간 쉼표를 달고 고요해진다.

서로에게 소원해졌던 우리 사이에 굳이 말은 필요하지 않았다. 숲으로 들어서니 그동안 우리가 무엇을 원했는지 무엇을 잃고 살아가고 있었는지 말하지 않아도 알 수 있었다. 마음을 오가는 징검다리 아래로 졸졸 시냇물 흘러가는 소리가 들려왔다. 자기 연민에만 빠져있던 예전엔 들을 수 없던 소리였다. 그때는 순간의 아름다움에만 취해서 마음의 소리엔 귀 기울일 틈이 없었다. 서로에게 위로를 얹어주고 다독거릴 때 세상의 삭막한 것들은 따뜻한 빛깔로 다가온다. 작은 풀꽃 앞에서 잠시 걸음을 멈춘다. 관심이란 작은 풀꽃을 바라보는 것이다. 자칫 지나쳐버릴 작은 꽃잎의 떨림을 찾아내는 것이다. 앞만 보고 걷다가도 때로 숨을 돌리고 서로를 바라봐주는 것이다. 아카시 꽃잎들이 사뿐 거리며 발바닥을 적셔왔다. 우리는 서서히 잡념의 세계를 벗어나고 있었다.

어느덧 테마길로 들어선다. 솔내음숲길, 산소숲길, 하늘숲길로 이어진 치유의 숲에선 피톤치드를 마시려는 사람들이 편백나무 평상에 누워 삼림욕을 즐기고 있다. 제각각 가장 편안한 자세로 누워서 숲의 소리에 귀를 기울이며 나무 사이로 비치는 하늘을 품고 있다. 우리도 그들처럼 누워 편백나무 잎 사이로 지나가는 바람을 마셨다. 어디선가 맑고 고운 노랫소리가 바람결을 타고 허밍으로 들려온다. 건너편에 앉아 손을 꼬옥 잡고 있는 젊은 연인들이다. 이곳은 모두가 사랑을 꿈꾸는 사람들이 찾아온다. 가족끼리 친구끼리 편백의 향기로 서로에게 주고받은 상처를 치유하고 새로워지기 위해 마음을 내어준다. 이 순간만은 그들도 우리도 아름다운 숲이 되고 향기가 된다.

테마 숲길을 나와 춘원 임종국 선생의 수목장이 있는 길로 들어선다. 헐벗은 축령산에 편백나무와 삼나무를 279만 그루를 심은 분이다. 20년간 한 그루 한 그루 정성껏 심은 나무가 이제 울창한 숲이 되었다. 도시의 소음 속에 지친 심신을 달래 줄 소중한 숲을 우리에게 남겨주고 그는 작고 소박한 느티나무 아래 잠들어 있다. 숲 속의 맑고 신선한 향기가 고요히 휴식을 취하고 있는 그에게 친구가 되어 휴양림을 찾아온 탐방객들의 아름다운 이야기도 들려줄 것이다. 내려오는 길은 몸과 마음이 더 신선해졌다. 저녁 해가 뉘엿뉘엿 지고 있는 숲길에 다람쥐 두 마리가 나무를 타고 쪼르르 숨바꼭질을 한다. 그림책을 한 장 펼친 풍경이다. 우린 약속이나 한 듯 서로의 얼굴을 쳐다보며 맑은 미소를 주고받았다.

읍내로 나가려면 삼십 분이 넘게 걸리는 축령산 청정 지역인 산골 금곡영화마을에 숙소를 정했다. 편백나무로 말끔하게 새 단장한 그 집엔 노부부가 만든 남도 음식이 맛깔스러웠다. 저녁을 먹고 동네 한 바퀴를 돌았다. 20여 가구가 모여 있는 마을은 정갈했다. 바람이 신선하게 불어와 몸과 마음을 나긋하게 감쌌다. 어둠이 내리자 마당가에 놓여 있는 평상에 누워 밤하늘에 빛나는 수많은 별들을 바라보았다. 얼마나 오랜만에 보는 별인가. 잃어버렸던 보석을 찾아낸 그 밤, 우리는 진심으로 서로의 이야기에 귀를 기울였다. 상처의 깊이를 더듬어내지 않고 토닥토닥 등 두드리고 다독이며 심연에 가라앉아 있던 지난 시간 행복했던 이야기들을 퍼 올렸다. 단내 나는 밤이었다.

새벽에 일어나 산책을 하고 낮에는 편백나무 숲길을 걷고 자연 속에서 자연처럼 늙어가는 아름다운 주인 노부부의 사는 이야기를 들었다. 때때로 평상 위 등나무 사이로 돌아 나오는 바람에게서 편백의 향이 묻어나는 하루, 마당 장독대 아래서 피는 보랏빛 붓꽃을 바라보는 것만으로도 온전한 휴식의 시간이었다. 돌계단 아래서 봉숭아꽃이 수줍게 봉오리를 열고 웃고 있었다.

각박한 도시에서 묻혀 온 삶의 찌꺼기들을 치유의 숲에서 말끔히 씻어내고 새롭게 시작하는 일은 싱싱하다. 서로에게 더 마음을 내어주고 더 많이 사랑하고 싶어진다. 살아가다 보면 또다시 마음에 때가 끼고 분주한 생활에 염증을 내겠지만 가끔은 모든 걸 과감히 내려놓고 이런 휴식을 찾아 떠나는 것도 지친 삶을 어루만져주는 한 방법이다. 그곳에서 사 온 편백나무 베개를 베고 오늘도 행복하게 잠을 청하는 그를 보며 그 곁에 가만히 누워 본다. 편백의 향내가 싱싱하다. 멀리서 날아온 그리운 나무 향이 깃을 접고 가슴으로 들어온다. 그건 어쩌면 똑같지만 똑같지 않은, 지루하지만 지루하지 않은, 깊은 쉼표 같은 삶의 향기인지도 모르겠다.

어머니의 달

한여름 소나기 같은 바람 소리가 요양병원 창문을 사정없이 두들겨 댄다. 뼈만 남은 어머니의 앙상한 숨소리가 창문을 흔드는 바람 소리처럼 내 속으로 들어와 가슴을 흥건히 적신다. 생의 한 바닥을 내려놓으려는 것일까 어머니는 이제 곡기마저 끊으시고 신음소리조차 희미하다. 어머니를 물끄러미 바라본다. 어머니의 등에 달 하나가 떠 있다. 동그랗고 외롭게 말아 올라가 이제는 아흔두 개의 뿌리가 허옇게 드러난 채 볼록하게 솟아올라 있다.

첫새벽 어둠 뚫고 일어나 하루 종일 들녘에서 허리 한 번 못 펴고 닳아버린 등, 세월을 눈보라처럼 업고 걸어온 등, 이제는 그 등 때문에 똑바로 누울 수도 없어 오래전부터 어머니는 늘 옆으로 누워 잠을 청했다. 오늘은 유난히 더 동그랗게 튀어나와 보인다. 나는 차마 앙상한 그 달을 만질 수 없어 곁에 가만히 누웠다. 달그림자가 설움게 등과 등 사이로 흘러들었다.

어머니가 요양 병원으로 들어가신 건 일 년 전이다. 아흔이 넘은 나이에도 혼자서 식사도 빨래도 해결하시던 어머니가 갑자기 요양 병원으로 들어가시겠다고 보따리를 싸셨다. 식구들이 모두 말렸지만 어머니는 완고하셨다. 큰 오빠 내외와 함께 살고 있지만 오빠는 직장 일로 지방에 가서 이 주일에 한 번 내려오고 새언니는 직장에 나가기 때문에 집안 살림은 원래부터 어머니 몫이었다. 이제는 더 이상 기력이 쇠잔해졌으니 자식들 누가 되지 않겠다는 것이다. 다섯 자식의 반대를 무릅쓰고 집 가까운 요양 병원으로 들어가신 지 일 년이 지났다. 골다 공증과 류마치스 관절염 통증으로 진통제로 사셨는데 양, 한방 의사가 있어 보살펴주고 매일 물리 치료까지 하신다며 찾아뵐 때마다 웃으시던 어머니다.

아흔이 넘은 나이 탓인지 어머니는 하루가 다르게 쇠잔해지셨다. 집에 계실 땐 일하기 싫어도 할 수밖에 없는 형편 때문에 억지로 몸을 움직여서인지 그렇게 살이 빠지지 않았는데 찾아 갈 때마다 살이 빠지고 굽은 허리는 더 구부러져 동그랗게 말아 올라가 있었다. 가슴이 저려왔다. 그렇지만 목소리도 눈빛도 기억력도 초롱초롱하셨던 어머니, 아니 어쩌면 기억력이 총총하셔서 더 슬픈 건지도 모르겠다. 먼 곳에서 오는 자식들을 볼 때마다 오래 살아서 자식 고생시킨다며 오래 사는 걸 미안해하셨다. 관절염 통증이 심할 땐 왜 이렇게 목숨이 질긴지 모르겠다며 빨리 떠나고 싶다는 말씀을 하셨다.

우리는 갈 때마다 작아지는 앙상한 어머니께 "엄마, 이렇게 살아있어 줘서 고마워요. 이렇게 만질 수 있게 해줘서 감사해요."라며 작고 마른 몸을 안아드렸다. 우리는 어머니가 오래 살아계셔서 정말 감사했다. 내 어머니가 없는 세상이란 상상조차 하기 싫다. 누가 뭐래도 나를 버티는 힘은 어머니다. 한때는 개에게 물려서 오랫동안 누워 계셨던 아버지를 대신해 들녘에서 하루 종일 허리 한번 못 펴고 일만 하시던 어머니를 기억한다. 다섯 자식 가르치느라 젊어서 고생을 너무 많이 하셔서 지금 허리와 뼈마디가 구멍이 숭숭 뚫려 통증으로 힘겨워하신다.

이젠 된장도 청국장도 너희를 위해 해줄 수 있는 게 하나도 없다며 자책하시는 어머니를 보며 구순의 나이에도 끊임없이 자식에게 뭔가를 주고 싶어 하는 부모 마음을 헤아려 본다. 도대체 어머니의 마음 깊이는 어디까지일까. 알 수 없는 그 깊이가 서글프다. 어머니께 아무것도 받을 수 없어도 어머니가 기억력이 좋아서 우리를 알아보는 게 감사하고 귀가 밝아 말을 잘 들어주셔서 감사하고 웃으며 얘기할 수 있어 감사하다. 아직도 내가 아플까 봐 걱정해줘서 감사하다.

올여름 여름 휴가는 세 자매가 어머니 곁에서 보내기로 했다. 어쩌면 어머니와 함께하는 마지막 여름이 될지 모른다는 생각에 돌아가면서 어머니 곁을 지키기로 했다. 언니와 동생이 함께 지낸 지 며칠은 그런대로 잘 견디시더니 음식을 못 잡수고 기력을 잃으셨다. 갑자기 폐렴 증상과 함께 호흡이 거칠어지셨다. 수액 주사를 맞으며 산소 호흡기를 끼어야 했다. 마음의 준비를 하라는 의사의 말에 우리 모두는 할 말을 잃었다. 언젠가는 어머니와 작별을 해야함을 알고 있지만 이 세상에 어머니가 계시지 않는다고 생각하면 바람 부는 들판에 홀로 남겨진 어린애가 된 것처럼 덜컥 겁이 난다.

휴가 마지막 날, 어머니의 호흡이 조금 안정이 되어 산소 호흡기를 뺐다. 하지만 여전히 곡기를 끊은 지 여러 날이다. 가만히 어머니 곁에 누워 앙상하게 구부러져 올라온 어머니의 달그림자 아래서 흥건하게 고여 오는 슬픔과 마주한다. 소나기처럼 휘몰아치던 바람은 어느새 어머니의 옷자락 사이로 서늘히 흔들고 지나간다. 어머니와의 수많은 기억의 선들이 마른 나뭇가지 같은 손가락 마디 사이로 흘러든다.

깊은 그늘이 싫다고 베어버린 고향집 마당에 있는 어머니의 감나무에선 올봄 새잎이 나고 꽃이 피었다. 지금쯤 푸른 감들이 몇 개쯤은 열렸을 것이다. 베어버린 감나무에서도 새잎이 나고 꽃이 피는데 사람은 한 번 가면 영원히 만날 수 없다는 것이 서럽다. 이제 어머니는 모든 걸 내려놓고 강 건너 저편으로 떠나려 하고 있다. 저녁 안개 자욱이 내려앉는 강둑에 징검다리 하나 놓을 순 없는 것일까. 가끔은 안부라도 전할 수 있게 길을 만들어 꿈결처럼 걸어갈 순 없는 것일까. 어머니의 달그림자가 축축하다.

공석남

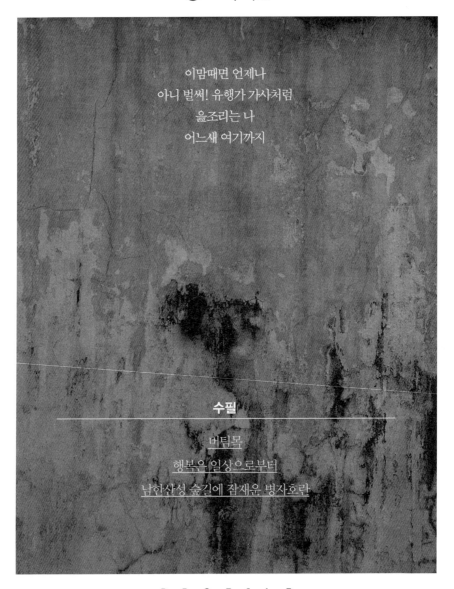

이맘때면 언제나
아니 벌써! 유행가 가사처럼
읊조리는 나
어느새 여기까지

수필

비탈목
행복은 일상으로부터
남한산성 숲길에 잠재운 병자호란

PROFILE

경기 평택 출신.『문파문학』수필 부문 신인상 당선 등단
문파문학회 회원, 동남문학회 회원, 한국문인협회 회원
저서 : 수필집『내 생애 가장 기억에 남을』공저『달팽이의 하루』외 다수

버림목 ─남양주 탐방

　　여행은 짧든 길든 마음이 부푼다. 우선은 과정이 좋다. 어디로 어떤 사람들과 어떤 인연으로 떠나든 준비하는 과정은 즐겁고도 설렌다. 설령 가 본 곳이라 해도 또 다른 느낌을 받을 수 있기에 좋은 것이다. 복잡한 일상을 벗어나고 싶을 때, 아무 생각 없이 홀가분한 마음으로 홀홀 털어버리고 싶을 때, 나는 배낭 하나만 둘러메고 산으로 혹은 전철을 타고 차창으로 스쳐 가는 계절과 만나기도 한다. 일정이 짜여진 여행은 더 설레는지도 모른다. 함께하는 동반자로 인하여 더불어 얻는 기쁨과 기대가 있기 때문이 아닐까.

　　선경도서관 주최 「길 위에 인문학」이란 타이틀을 달고 남양주 다산 정약용 선생님의 유적지로 향한다. 학교 다닐 때 수학여행 같은 느낌이다. 남녀가 함께하고 교수님이 계시고, 많은 사람들이 탄 대형버스다. 답사는 여러 곳을 다녀봤지만 함께 강의를 듣던 분들과 부담 없이 떠나본 것은 이번이 처음이다. 우선은 날짜와 장소, 시간, 프로그램까지도 홀가분하게 배낭 하나에 뭉뚱그려 넣은 짧은 여행이다. 반갑게 인사하는 분위기가 언제부터인가 친분이 있었던 지우 같다는 생각을 한다. 그들 틈에 끼어 하나의 개체로서 여행 가방을 묵직하게 담을 사건들을 풍선처럼 부풀어 오르게 하는 시간이다.

　　도서관에서의 경직된 분위기가 서서히 풀어질 것 같은 버스 안이다. 언제나 열강熱講하는 교수님은 시작부터 유창한 조선 시대 역사의 장을 넘긴다. 드라마 정도전에서의 명장면과 열띤 배우들, 작가의 섬세한 면까지도 시나리오 작가답게 짚고 넘어가는 재치는 놀랍다. 순간의 선발력으로 화제를 선택하는 것은 대화의 수법이랄 수도 있다. 말을 잘하는 사람은 남이 가지지 않은 그 무엇을 가진 것은 아닐 게다. 다 같이 주어진 기능을 좀 더 잘 활용하는 지혜가 순간을 빛나게 함은 아닐까. 이처럼 능란한 대화술에 두루 섭렵하신 교수님의 말씀을 들을 수 있는 나는, 어느 모로 보나 행복한 수강생이다. 오늘 다산 유적지 탐방 역시 많은 분들의 열정과 책을 사랑하는 분들, 또한 도서관의 지대한 배려 속에 주어진 특혜라 생각한다. 이로 인하여 나를 버틸 힘을 얻고 더불어 삶을 빚어내게 될 것이다.

'길 위의 인문학' 강의를 들으며 교수님의 (다산) 추천 도서를 한 권도 읽지 못했다. 핑계 아닌 핑계로 시간만 축내고, 민망한 가운데 남양주시 조안면 다산로에 펼쳐진 7월의 숲길을 걷는다. 푸르다 못해 농익은 여름으로 달려가는 다산 유적지. 말 없는 동상 앞에서 그의 인품을 읽었고, 고향집인 '여유당'에서는 그 삶의 뿌리가 든든함에서 검소하고 소박함을 만났다. 어지러운 세상에서 18년의 유배 생활이 준 것은 실학자의 면모를 갖추게 한 곳이다. 죄인으로서 유배 생활은 그로 하여금 5백여 권이 넘은 책을 쓰게 하였으니 범상한 분이 틀림없다. 일찍이 정조로부터 신임을 받은 학자이며, 화성성역의궤에 의거 화성을 쌓는데 과학적인 설계와 공을 들인 사람이다. 자신을 알아주는 이를 위하여 최선을 다할 수 있다는 것은 내 안에 힘을 솟게 하는 중요한 요인이 아닐까. 나를 바로 알아주는 사람이 있다는 것, 그를 위하여 삶의 용기를 얻을 수 있다면 그 또한 버티는 힘이다.

덤으로 얻은 '홍릉(고종과 명성황후 합장) 유릉(순종과 순명황후, 순정황후합장)' 가는 길, 버팀목에 의지한 적송 한 그루를 본다. 적어도 이백여 년을, 혹은 그보다 더한 세월을 지나왔는지도 모른다. 그 소나무가 노구를 당당하게 버텨내고 있음은 두 개의 버팀 때문이다. 안에서 밖으로 휘어진 몸을 바로 잡아주고 있는 버팀목. 언제나 그 자리에서 황릉을 바라보며 욕심내지 않는 소나무가 오늘의 주인공답다. 나무가 됨을 탓하지 않고, 궂은 비바람 맞음도 나무라지 않는 무던함으로 서 있다. 황릉을 지키는 말 없는 수문장이다. 어찌 소나무뿐이랴, 숨죽이고 제 할 일을 말없이 한 이들. 그러기에 다산은 조용히 민중을 일깨울 「목민심서」를 지었고, 실생활에 필요한 지침서로서 「흠흠심서」, 「경세유표」를 비롯 500여 권의 책을 남겼지 않은가. 목민심서 마무리는 "군자가 학문하는 것은 절반은 수신하기 위함이요, 절반은 목민…"을 위함이라 했다. 사랑하는 민중이 그를 버티게 했고, 자신을 알아주는 임금이 있었기에 그는 2012년 세계유네스코 최고의 인물로 선정되었다.

우직하고 듬직한 소나무의 버걱 위에서 오랜 세월의 장을 읽는다. 아픔과 고통도, 아니꼬움도, 울컥 넘어오는 분노도, 감내했을 겸허함으로 이겨낸 승리자의 모습이다. 버팀목인들 어찌 힘들다 받쳐 든 팔을 놓을 수 있을까. 마지막 순간까지도 믿음으로 지켜가는 버팀목은 주인에 대한 도리이다. 허리는 굽었을망정 푸른 솔을 담은 청정한 줄기가 하늘을 향해 부끄럼이 없음 또한 한결같은 지킴이의 바라봄이리라. 그늘이 되어 준 굽은 소나무, 그 곁에 말없이 지켜 서서 일거수일투족을 바라보는 지킴이야말로 할 일을 다 하는 민중이다. 주위가 어지러워도 내 속이 거북해도, 하나로 바라보는 일편단심은 지킴이로서 해야 할 책임이고 막중한 소임일 것이다. 다산이 유배지에서 많은 책을 지은 것은 소나무와 같은 청렴한 정신이며, 소리 없는 버팀인 민중이 있었기 때문일 게다. 지금도 많은 사람들이 찾아와 그 얼을 숭상함이지 싶다.

　도서관을 찾았기에 나를 버틸 수 있는 힘을 얻었다. 감사한 마음으로 답사기를 적는다. 무엇을, 어떻게 쓸 것인가 해답을 들었지만, 부족한 나로서는 어느 정도 그 답에 가 닿을지 모르겠다. 다만 열심히 들은 만큼 교수님의 강의에 빗나가지 않기를 바랄 뿐이다. 이토록 삶은 홀로 사는 것이 아니다. 알게 모르게 누군가가 스승이 되어주고, 나 또한 별 볼 일 없지만 어느 누군가에게 조그만 도움이라도 줄 수 있다면 감사할 뿐이다. 오늘날 다산의 실학으로 세상을 열어가고 그의 학문에 뜻을 두고 연구하는 분들도 많다. 사람의 사후死後는 그 사람의 살아온 업적이다. 다산의 동상 앞에서 묵념을 올린다.

행복은 일상으로부터

"할머니! 다녀왔습니다. 어디 있어요?" 손녀는 옥구슬 같은 목소리로 나를 부른다. 다섯 살이다. 유치원 가기 싫다고 몸부림치던 3월은 어디로 갔는지. 요즘은 신이 난 아이다. 그 아이가 나를 찾는 이유는 일주일에 두 번 유치원에서 발레 연습을 한다. 돌아오면 제가 하는 것을 보고 배우라는 것이다. 어처구니없는 아이의 발상이다. 아이는 몸이 유연하기 때문에 몸집은 작아도 그 움직임은 자유롭다. 내 몸은 마음대로 안 되지만 아이의 흉내를 낸다. 나는 손녀와 친해지고 기분을 맞추며 며느리가 올 때까지 시간을 보낸다.

현관에는 여기 한 짝 저기 한 짝 벗어던진 조막손 같은 신발이 엎어지기도 하고 현관문 밖에 나뒹굴기도 한다. 신발짝도 귀여운 아이의 모습이다. 내게는 올해 초등학교 입학한 손자와 유치원에 간 손녀가 있다. 샘도 많고 의욕도 강하고 오빠한테 지기 싫어 한글을 배운다고 제 이름을 쓰고는 자랑하기 바쁜 아이다. 기억부터 써야 하는 데 미음부터 쓰고 김이라고 들고 와서는 의기양양하다. 나는 이 아이만 보면 안쓰럽고 죄를 지은 것처럼 미안하다.

아이를 돌보며 아들 내외와 같이 살고 있다. 아이가 아직 어렸을 때였다. 활동성이 많아 눈만 뜨면 움직이고 잠시도 가만히 있지 않았다. 아이의 앞니가 새로 나왔을 때였다. 저녁때 곤히 자는 걸 봤는데, 어느 틈엔가 울음소리에 방으로 가보니 침대 아래로 굴러떨어져 있었다. 나는 놀래서 아이를 안아 일으켰다. 입에는 선혈이 흘렀다. 놀래서 우는 줄만 알았다. 그리고 입술이 터진 줄 알았다. 며칠 전 나왔던 토끼 같은 앞니 두 개가 모두 빠져서 방바닥에서 뒹굴고 있었다. 그 순간 내 몸은 굳어져 버렸다. 난 어찌할 바를 모르고 아들한테 전화를 하는데 손이 떨려서 단축번호도 누를 수가 없을 정도였다. 아무것도 보이지 않았다. 놀란 아이의 얼굴만이 더 크게 보였다. 눈물로 범벅이 된 아이의 얼굴을 닦으면서 떨리는 것은 손만이 아니고 가슴도 무섭게 뛰었다.

방바닥이 차다고 침대에 누인 것이 죄였다. 기어 다니는 놈을 침대에 뉘이고 밀린 일을 하였으니 내 죄가 크다. 아무것도 모르는 그 어린 것이 얼마나 아플까 생각하니 가슴이 조여 왔다. 안고 있는데 무엇이 좋은지 싱글벙글 날 쳐다보며 웃는다. 이만 빠진 것인지 아니면 또 다른 곳에 이상은 없는지 속은 바짝바짝 타고 있었다.

아이를 본다고 했던 것을 잠시지만 후회도 했다. 아이가 예뻐서 자진해서 봐준다고 짐까지 싸들고 들어와 살림까지 맡았던 나 자신이 미워지기도 한순간이었다. 아이의 천진스런 웃음과 맑은 눈동자는 볼수록 귀엽고 사랑스럽다. 한 계단 한 계단 밟아가며 자라는 모습은 신기했다. 내 자식을 키웠지만 손자를 키울 때 느끼는 감정은 또 달랐다. 또한 며느리와 소중한 사랑을 나누는 일은 아이와의 생활에서 자연스럽게 이어졌다. 서먹한 사이가 아이를 통해서 어느 사이엔가 고부간의 관계를 형성하는 계기가 되고 있었다.

아이는 보고만 있어도 살맛이 났다. 어디서 이런 행복한 순간을 느낄 수 있을까 싶을 만큼 아이와의 생활은 즐거웠다. 행복했던 내 생활에 찬물을 끼얹은 사건은 나를 잠시 돌아보게 했다. 말없이 서서히 무너지는 자신을 보았다. 자신감을 갖고 아이를 기르겠다고 짐을 싸들고 들어왔을 때의 설렘처럼 갈등은 허한 곳을 찌르기 시작했다.

아들 내외가 현관을 들어섰는데 아이를 안고 서럽고 두려워서 아이처럼 울었다. 말을 더듬는 내게 아들 내외는 말했다. 유치는 새로 나는 것이니 괜찮다고. 늦은 저녁 아이를 안고 치과로 뛰었다. 다행히 다른데 이상은 없다고 했다. 어린 것을 엑스레이를 찍고 검사를 하다 보니 아이도 피곤했는지 칭얼거렸다. 그 밤은 지옥으로 가는 밤이었다. 너무나 힘들고 죄스런 시간이었다. 물론 유치는 새로 날 것이기에 괜찮다고 했지만, 죄인처럼 떠는 내게 위로하는 아들 내외가 있었기에 지금도 웃으며 사는지 모른다.

나는 아이의 입만 보면 너무 미안하다. 앞니가 없어서 우물거리는 것 같아서 미안했고, 말이 새어나가면 어떻게 하나 걱정이 되어서 더욱 미안했다. 웃으면 예쁘던 토끼 이빨이 없는 것도 속상했다. 물론 앞니가 아직 나지 않았지만 생각보다 말도 잘하고 아무런 이상 없이 잘 논다. 아이가 뱉어내는 그 말들이 얼마나 예쁘고 귀여운지 모른다. 앞니가 미리 빠졌다고 생각하면 된다던 아들의 말대로, 앞으로 이가 건강하게 새로 예쁘게 나오길 난 항상 기도한다.

작은 일에서부터 행복을 찾는 마음을 기른다. 아들 내외와 함께하는 즐거움도, 아이의 재롱을 보며 어울리는 삶도, 빈 시간을 며느리와 나누는 대화도 너무 감사하다. 만약 내가 힘들다고 내 길만을 고집했다면 지금 어떤 모습으로 아이들과 며느리를 볼 수 있을까. 한 가족으로 어우러져 사는 내 모습 문제는 없는 것일까.

남한산성 숲길에 잠재운 병자호란

처음부터 산성을 일주해본 적은 없었다. 성지순례에 참례하는 것으로 남한산성에 다녀왔다고 하는 것처럼. 모처럼 큰맘 먹고 걸어본 산성길이다. 산성길을 따라 걸으며 말만 들었던 천주교 탄압 당시 시구문밖에 천주교인들의 시체를 버렸다는 곳을 만나게 된다. 동문 밑으로 현재 길을 내어 성곽이 터진 아래편으로는 수문이 숨어 있다. 서쪽이 높고 동쪽이 낮은 남한산성의 지형으로 산성 내의 모든 물은 대부분 수문을 통해 외부로 흘러나갔다. 이 수문이 동암문이며 일명 '시구문'이다. 이 문을 통과하여 길섶으로 나 있는 언덕을 오르며 남한산성의 절경과 구구절절한 조선 시대의 역사의 숲으로 빠져든다.

남한산성의 구불거리는 성벽은 멀리서 바라보면 그지없이 아름답다. 물론 보수하면서 눈에 띄게 치장을 한 점도 있겠으나, 색채를 떠나서 형상이 주는 이미지가 유월의 풍광 속으로 살아있는 것처럼 꿈틀거린다. 전격지가 아닌 선량한 주민들이 울타리를 치고 살고 있는 것처럼 아늑한 감회에 젖어든다. 그건 내가 산성 안에서 걸었기 때문일지도 모른다. 만약 산성 밖에서 걸었다면 그 울타리를 타고 적군이 올려다보는 시선이 되었을지도 모르겠다. 병자호란은 성안에 든 사람들이 얼마나 버티나 시험한 청의 계략은 아니었을까. 끝내 뱃가죽을 움켜쥔 백성들을 차마 볼 수 없어 항복한 삼전도에서의 쓰라림이 서려 있는 남한산성이다.

친구와 성벽 길을 걸으며 많은 사람들 틈에서 '나'라는 한 인간이 조선 시대의 숲길을 걷고 있음을 생각한다. 그때 사람들은 어떠한 마음으로 이 성안에서 초조한 삶을 이어왔을까. 지금은 평화롭고 아름다움을 느끼는데 전시가 주는 급박한 삶은 어떠하였을까. 모든 것이 부족한 생활, 깨어있지 못했기에 더 서러웠던 시대의 참상을 생각한다.

시대를 잠재운 남한산성의 바람은 온화하다. 또한 숲은 우거져 성벽을 가리고 끝맺게 자라난 나무는 조선조의 악몽을 찾아볼 수 없게 어우러져 있다. '밝음과 어둠이 포개지고 나누어지면서 날마다 하루라는 날이 밝아오고 있다. 느릿하게 지나가는 날보다는 급한 마음처럼 빠르게 탁류에 휩쓸린 듯이 날은 가고 오고 한 것 같다.'라고 일상의 하루를 김훈의 『남한산성』에서 작가는 이렇게 말했다. 어느 사이 사백여 년이란 세월 뒤편의 사건들을 남한산성에서 회상한다. 어느새 벌써, 이러한 말이 무심코 목구멍을 기어 올라와 새삼스럽게 돌아보게 한다. 남한산성의 역사를 지고 있는 푸른 숲의 그늘 아래에서, 한 발한 발 떼어 놓으며 역사를 지고 간다.

남한산성의 외벽은 경사가 심한 낭떠러지인 반면 안쪽은 밖을 내다보기 좋도록 야트막한 담장 같다. 안길로 걸으면 눈에 들어오는 풍광이 너무 멋있다. 『남한산성』의 작가 김훈은 자전거를 타고 남한산성 둘레를 걸었다고 했다. 산성은 구불거리는 모양으로 숲에 들어앉은 놀이 시설처럼 다양한 면을 보여준다. 바이킹을 타면서 위에서 아래를 내려다보는 스릴처럼 눈 아래 펼쳐진 세상이, 내가 서 있는 곳과는 경이한 점 역시 산성이 주는 묘미다. 길을 걸으며 산성에 얽힌 이야기들을 생각한다. 헐벗은 군졸들이 추위에 떨면서 지키려 애썼던 우리의 조국 산하다. 멀리 친구가 가리키는 한강 줄기를 본다. 유유히 흘러가는 물소리는 어제의 그 소리가 아니라, 새 역사를 짊어진 빛나는 물빛이다. 반짝거리는 빛에서 나라가 건재함이 고맙고 내가 살아있음에 감사한다.

숱한 애환의 역사를 간직하고 화려한 유월의 숲에 가려진 산성은 세월을 이긴 장군의 등허리 같다. 수어장대가 망루에 높이 위상을 떨치듯 하다. 한 나라의 백년대계를 짊어진 등허리는 든든해 보인다. 그 시대의 백성들이 덕망과 식견으로 쌓은 성벽이다. 백성들의 힘들었을 얼굴, 자신의 한 몫을 담당한 떳떳한 얼굴들이 산성 모서리 올려놓은 기왓장 위에도, 빠끔히 얼굴을 내민 돌 사이의 붉은 흙덩이들에서도 보인다. 그들이 있었기에 조선의 역사는 쉬지 않고 이어져 내려왔을 게다. 이 길이 숨 가쁜 장병의 발길일 수도 있었을 게고, 느긋하니 둘러본 장수의 발걸음일 수도 있다. 또한 눈알을 부라린 오랑캐의 군화 발자국이었을지도 모르는 길이다. 망루에 올라 암문을 통해 보이는 야트막한 산성이 나 있는 곳을 본다. 잠깐 묵상하듯이 눈을 감는다. 4백여 년 전의 얼굴들이 드라마의 화면처럼 클로즈업되어 다가온다.

고달팠던 역사의 뒤안길에는 그 흔적의 산성 길만이 시절의 아픔을 묻어둔 채 말이 없다. 전쟁 없는 역사도, 평화만이 계속되었던 시절도 없었던 것 같다. 질박한 삶의 테두리 안에서 언제나 치고받고 사는 세상. 승자와 패자가 있는 스포츠처럼 사람들은 승패를 겨룸으로써 발전이라는 역사를 만드는지도 모른다. 그리스 신화 속 이카로스의 날개처럼. 무한정 날고만 싶은 인간의 욕망이 남한산성의 구불거리는 성벽 위로 넘실거림을 본다.

임종순

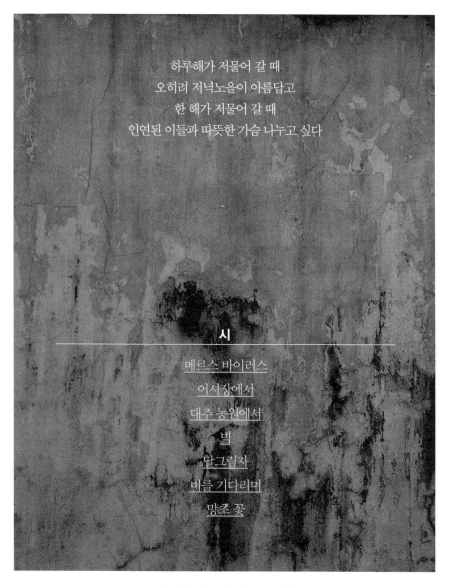

하루해가 저물어 갈 때
오히려 저녁노을이 아름답고
한 해가 저물어 갈 때
인연된 이들과 따뜻한 가슴 나누고 싶다

시

PROFILE

경북 안동 출생.『문파문학』신인상 시 부분 당선.
문파문인협회 회원, 동남문학회 회원
저서 : 공저『1초의 미학』외 다수

메르스 바이러스

바깥은 매운 기류
최루탄 가스의 공포다
한 발 내디딜 공간도 허락지 않아
호흡 줄이며 갇혔다

활보할 땐 몰랐었다
자유의 간절함을
바이러스가 교만을 향해 소리친다
혈연관계마저 자르고
공포의 나락으로 밀어 넣는다

시간이 엎드리며 지나간다
침묵이 그를 지키며
때를 기다리다
살며시 고개 들고 나왔다
용서의 손길
화해의 손길로 악수하다

어시장에서

골목 안 파도 소리 철썩인다
가파른 삶의 현장
시아에 쏟아 놓은 어족들
제 혈통 찾아 앉히고
함지박, 좌판 위에서
인내를 가르친다

호기 부리다 다쳐도
넓이 뛰기 높이뛰기에
쉼 없이 도전하며
때론 생사를 넘나든다

됫박 수북 쌓아 올린
곰삭은 새우 젓갈 드럼통 앞에
그칠 줄 모르는 인파
꽃게, 대하, 전어
둘이 먹다가
하나가 죽어도 모를 일이다

임종순

대추 농원에서

푸른 창공에 대추 달렸다
강산이 수없이 바뀌어도
푸름 과시하더니
중년의 붉은 정열
하늘 위로 달아 올렸다

둑도 없는 삼천 평에
담장의 사명 받아
어깨 걸고 늠름하다

아재는 사다리에 올라
대나무 끝에 갈고리 걸어 흔든다
가을이 우수수 떨어진다

와르르 쏟아지는 우박
붉다, 굵다, 많다
혹이 나도록 맞아도 기쁨인 줄 안다
풍요가 빈 가슴 가득 채우는 농원

벽

고즈넉한 산사 선방에
심신 정갈하게 다듬어
하안거 동안거*에 든다

벽 보고 마주 앉아
이 뭐꼬 이 뭐꼬
머리 싸맨다

무얼 찾을까
무슨 소리 들을까
한 석 달 바라보며
머리에 쥐나도록
얽힌 매듭 푼다

선사 한평생
벽 보고 산다

---

*하안거 동안거 : 안거(安居)는 승려들이 여름과 겨울에 외부와의
출입을 끊고 참선 수행에 몰두하는 행사.

달그림자

중추절 대낮 같은 달빛에도
드리우는 그림자
쉼이 여유로 오는 한가위
어둡고 인적 드문 곳으로
발길 놓았다

골목길 들어서니
호탕한 여장부였던 그가
절반의 마비로
굳어진 육신 토닥이며 앉아
흘린 시간 목에 걸고
뒤돌아서서 걷는다

또 다른 골목길엔
졸지에 짝 잃은 젊은 에미
제트기 타고 하늘나라 가자는
애비 찾는 아이 성화
멈출 수 없어
까만 심장 토해 낸다

자국 놓는 곳마다

흔들리는 그림자 아려

정 한 줌 집어

상처 위에 발랐다

임종순

비를 기다리며

여름이 복달임을 한다
밭이랑에 들어서니
할딱이는 호흡
타들어가는 잎새
가는 물 한 모금으로
겨우 부지하는 생명

비를 꿈꾼다

곤한 밤에
장대비 한줄기 쏟아진다
흠뻑 아주 흠뻑
휘몰이 장단의 춤사위에
막힌 호흡이 흐른다

아침이 쨍하다

가슴에 날 선 여운이
떨어진다

망초 꽃

여름이 길게 누운 칠월
노을이 벗어 내린
모진 땅 자투리마다
눈 시린 하얀 빛무리
어둠 속에 광목 이불을 편다

여백 채우며
몸집 키우는 끈질긴 야망
망국의 한이 서린
역사의 발자취에
앓아온 젖은 가슴

바람에 말리고
햇살에 몸 뒤집어
새 역사 다시 쓰려
수줍은 미소로 허리 숙인다

임종순

김영화

이 가을
언어 숲에 들어
절망을 모른 채
높은 달빛 마주하고 싶다

시

P R O F I L E

『문파문학』 시 부문 신인상 당선
동남문학, 문파문학, 한국시학, 한국문인 회원
저서 : 공저 『1초의 미학』
E-mail : whare12@naver.com

또 한 번의 몸짓

노을빛 사라지고
떨어진 벚꽃잎
바닥에 쓸리며
서로 엉키었다가
하얗게 날아올랐다

바람에
몸과 마음 다해
또 한 번
피어오르는 것은

함께한 나날
머물던 그 자리
봄이면
찾아들기 위해
천공에 외치는
몸부림이다

독도

거스르는 소리는 따갑고 아프다

아직도 일제 강점기에 대해
이치에 맞지 않는 억지소리 들먹이며
강한 나라에 이지러진 웃음 짓는
삐딱한 샛바람 실은 파도
너울대며 달려와
세차게 정강이 때리면
귀가 아파서 문을 닫는다

마음 빗장 단단히 내걸고
아리랑 부르며
지층 밑에서 서쪽으로
한 발짝씩 다가가
여기서 87킬로미터 떨어진
울릉도 곁에 꼭 붙어
그냥,
먼 길 지나는 새들 쉬어가고
멀리서 날아든 숨찬 씨앗
감싸 보듬고

내 깊은 가슴에

뽑히지 않는 무궁화 얼 심어

청정무구한 모습으로

찾아든 이들에게

반겨주고 싶을 뿐이다

여기서 158Km 일본 오키 섬까지는 멀다

겨울 낙산

영하 10도 아침 낙산 해변
텅 빈 모래사장

밤새 물속에 품었다가
건져 올린 파란 비밀
모래 위에 흩뿌리고
눈치도 채기 전에
거대한 점액질로
조금씩 밀려난다

잔뜩 웅크린 채
발걸음 돌리는 순간
흩뿌려 덮치는
파편 그물에 갇혔다

침묵으로 자란
내 깊숙이 날 세운 비늘
자격지심에서 싹튼
무거운 옷
물 위에 벗어던진다

바람이 사정없이 퍼덕이고
서걱서걱 굳는 옷
멀리 떠내려 보낸다

모래 위에 흩뿌린
제대로 사는데 움츠려 드나는
비밀 하나 알 것 같다

갈증,

계룡산 산책로 잇는
새로 생긴 육교 시멘트 바닥에
고동색 지렁이 한 마리
하얗게 마른 딱딱한 길
힘겹게 오른다

거친 바닥에 문질러진 배
170 마디 긁힌 상처 아픔도 잊은 체
긴 몸 움츠렸다 펴기를 쉬지 않고
옹기종기 모여 살던
가족 찾아 나선다

여름 한낮
원통형 등줄기 위로
제 수분 다 내어주고 목말라 헐떡이며
다리 아래 자동차 거세게 지나자
숨도 쉬지 않고 바싹 오그라들어
오른 것보다 훨씬 아래로 동댕이쳐졌다

옴짝할 수 없어 누운 채

돌아본 주변에

나뭇가지처럼 말라비틀어진

동료들 여기저기

마른침 삼키며 몸을 뒤틀고

딱딱한 길에 누워있는 사체 위로

또 다른 길 찾아 나선다

비 꽃

곧은 자세
수천 킬로 아래로
향하는 동안

갖고 싶은 지나친 마음
높은 곳 바라보는
용기 부르고
기다림은 멀어진 채
못마땅해 품은
고통의 시간
벌겋게 달궈졌다
식어진 먹구름
투명해져서야
줄기 저마다
꽃으로 폈다 이내 져
머문 흔적 없이
더 낮은 곳
공손하게 흘러든다

낮을수록
높은 곳이 가까운 걸 아는
말간 꽃

저마다의 무게

상가 건물들 외벽으로 둘러싸인
그늘진 네모 화단 단풍나무 한 그루
자기 키 열 배 이상 높은 건물들에 갇혀
가늘게 휘어진 몸 노란 얼굴
온 힘을 다하여 위를 향한다

네 개동 건물 층층이 뿜어내는
에어컨 실외기 텁텁한 바람에
잎 따귀 서로 때리고 맞는 몸부림
지쳐 숨차고 엉켜진 마음 추워서
풋내 신열로 몸살 앓는다

건물과 건물 사이
사선으로 끼어든 노을빛 한 장
춤추는 별 무리 화단에 쏟아내자
깊은 마음 회오리치듯
너울대는 제 몸짓 지켜보다
어느새 어둠 속 갇혀
낡은 바람 캄캄하게 턱에 감겨도
실낱같은 햇볕 맞으러
건물 키 견주며 힘을 다해
위로 향하는 단풍나무

김영화

밀물

태고부터 어김없이
하루 두 번

멀리서 먹이 물고 와
개펄 속 묻어두고

갯일 하러 온 아낙네
고래 낚고 싶다던 푸념에

아주 먼 바람 맞으러
해안선 힘껏 물었다

남정연

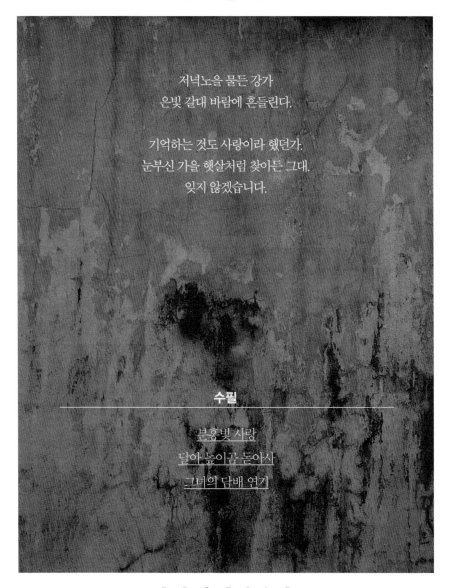

저녁노을 물든 강가
은빛 갈대 바람에 흔들린다.

기억하는 것도 사랑이라 했던가.
눈부신 가을 햇살처럼 찾아든 그대,
잊지 않겠습니다.

수필

PROFILE

전남 순천 출생
『문파문학』 수필 부문 신인상 당선 등단
동남문학회 회원, 문파문인협회 회원, 한국수필 회원
저서 : 공저 『1초의 미학』

분홍빛 사랑

진달래가 좋아지는 나이다. 요사이 온 산을 분홍빛으로 물들여 걸음과 눈길을 꼭 붙들고 놓아주지 않는다. 겨울 잔향이 느껴지는 갈색 빈 숲에 분홍 물감을 묻힌 붓끝으로 여기저기 콕콕 찍은 듯하다. 진달래는 화려하지 않는 데서 오히려 그 아름다움이 있다. 튀지 않는 수수한 빛깔의 분홍이다. 개나리의 천진난만한 샛노란 색도, 단번의 시선을 사로잡는 붉은 장미의 정열적인 색도, 은은한 자태의 고혹적인 흰 매화의 빛도 아닌 그저 시골스러움이 가득 묻어나는 순박한 빛깔이다. 그들 중에도 엷음과 짙음의 차이는 있다. 꽃잎만큼이나 아주 얇고 옅은 분홍에서 립스틱으로 바르면 참 예쁠 것 같은 꽃 분홍까지. 한낮 봄꽃에 불과했던 진달래가 언제부턴가 눈으로, 가슴으로 들어오기 시작했다. 수수하고 시골스러움이 좋아지는 나이가 된 것일까. 이 봄 나는 진달래에 흠뻑 빠지고 취해버렸다.

봄이 잠시 삐진 듯 쌀쌀하고 하늘이 회색빛이던 어느 오후, 적막한 숲길에서 진달래 한 송이를 무심히 바라본 적 있다. 문득 하늘하늘 얇은 그 꽃잎 위에 눕고 싶다는 생각이 든다. 그러면 지나가는 바람 소리도, 숲의 모든 새소리도 다 내게로 올 텐데. 무엇보다도 그 보드란 꽃잎에서 잠이 들면 꿀 같은 잠을 잘 것만 같다. 사람으로 인해 마음 다친 일도 없었을진대 나는 바람과 새소리와 꽃들과 적막이 그리웠나 보다. 늘 가수면 상태로 질 좋은 수면을 하지 못하고 수시로 깨는, 그래서 숙면이 필요했던 나는 보드란 꽃잎 위에서 자고 싶었나 보다. 새 털이 아닌 이상, 먼지가 아닌 이상 꽃잎 위에 누울 수 없는 나는 휴대폰 카메라로 찍어, 보는 것으로 대신한다. 그 사진을 열어 볼 때마다 신기하게 마음이 포근해진다. 쑥스럽듯 환히 웃으며 안녕을 전해오는 그녀의 말간 얼굴이 고맙고 예쁘기만 하다.

아주 어렸을 적 참꽃이라 부르며 친구들과 진달래꽃을 많이도 따 먹었다. 입속에서 녹을 듯 부드러움과 시큼함을 머리가 기억하고, 따뜻한 정겨움을 가슴이 기억하고 있었다. 꽃나무 아래 서서 입술을 갖다 대어 가만히 하나를 따 먹는다. 다 큰 어른이 추억 하나 의지한 채 누가 볼 것을 염려치도 않고, 아이가 엄마 냄새 맡듯 나는 눈을 감고 향긋함으로 빠져든다. 그래서일까. 꽃그늘 사이사이로, 꽃송이들 틈으로 보이는 빈 공간에서 엄마의 모습이 언뜻언뜻 스쳐 지나간다. 눈길을 쉬이 거두지 못한다. 꽃 피고 숲에서 뻐꾸기 소쩍새 울면 엄마는 마음이 얄궂어진다 하셨다. 객지 떠난 자식들에 대한 그리움으로 봄이 더욱 힘드셨을 엄마. 화사한 진달래꽃 무더기 앞에서 엄마도 꽃을 따 먹으며 그리움 달래셨을까. 꽃송이 하나하나가 자식들인 양 오래도록 바라보고 계셨겠지.

바라보기만 해도 아까울 그 꽃을 몇 송이 딴다. 몇 년 전부터 아이들에게 화전을 만들어 줬더니 봄만 되면 기다린다. 산에 진달래 피었느냐고, 언제 해줄 거냐며 날마다 채근한다. 어느 날 작은아이 책가방 속에서 진달래 한 송이를 발견하고는 안쓰러움과 왠지 모를 슬픔이 파고들었다. 멍하니 꽃을 바라보다 더 미루면 큰일이라도 날 듯 분주히 움직인다. 며칠 동안 냉장고에 있어 숨죽었을 꽃잎들을 꺼내 찬물에 담그고 찹쌀가루를 익반죽한다. 작고 동글납작한 떡이 팬 위에서 누르스름하게 익기 시작할 무렵 수술을 떼어낸 꽃잎을 활짝 펴 살며시 올려놓는다. 팬 위에서, 떡 위에서 진달래가 퐁퐁 열린다. 접시에 예쁘게 담아 꿀을 발라주니 아이들이 환호성을 지른다. 참꽃 따 먹던 내 유년의 아름다운 추억처럼 아이들에겐 화전이 그렇겠지. 훗날 진달래를 보고 화전 만들어 준 엄마를 떠올릴 수 있다면 나는 그것으로 족하리라.

흐릿한 분홍빛으로 시작되어 하루가 다르게 온 산을 수놓은 진달래. 그새 잎이 돋기 시작한 나무도 있었다. 가지마다 연초록 잎들이 무성해지면 꽃송이들은 바람에 날리거나 제 빛깔을 잃으며 떨어지겠지. 덧없이 짧은 꽃의 생±이지만 내게 준 기쁨과 행복을 생각한다면 그 짧음도 충분히 감사하다. 사람의 생애도 지나놓고 보면 참 속절없을 텐데 왜 그리 아웅다웅하며 살아가는지 모르겠다. 소박한 화려함으로 온 산을 밝히고 누군가에겐 기쁨을 주고 종당에는 미련 없이 가버리는 진달래처럼 그리 살 수 있다면 얼마나 좋을까. 당분간, 꽃이 피어 있는 동안 나는 진달래 사랑에서 헤어 나오지 못할 것 같다.

달아 높이곰 돋아사

저녁 산책길에 나선다. 마천루처럼 높다란 아파트 빌딩 숲 사이로 정갈한 눈썹 모양을 한 조각달이 걸려 있다. 맑은 밤하늘에 떠 있는 달은 희고 가냘파서 여인의 모습으로 다가온다. 그녀의 실루엣이 나를 설레게 하고 자꾸만 눈길이 가닿게 한다. 묵은 상념까지도 꺼내어 그 앞에 풀어 놓고 싶고 그 정기를 받아 나도 맑고 고요한 사람이 되고 싶어진다.

언젠가 늦은 밤, 차를 타고 오던 마음 샐쭉한 날이 있었다. 두 입술은 굳게 닫히고 시선은 창밖만 향한 채 혼자 생각 모으기가 필요한 시간이었다. 하늘 한 자리에 선명하게 크고 밝은 별이 빛나고 있었다. 그 언저리엔 초승달이 내 마음처럼 비스듬히 걸려 있었고 별은 달 곁으로 가고 싶은 듯 애처로이 반짝거리고, 달 역시 비어있는 제 모습으로 별 하나를 충분히 품고 싶었다. 그러나 그들은 언제나 일정 거리를 유지한 채 더 이상 가까이 갈 수 없었고 곁에서 서로를 바라볼 수밖에 없었다. 신산한 마음이 더욱 깊어져 집에 오는 동안 내내 나는 말을 아껴야 했다. 모자란 제 모습으로 별을 품어주고자 한 달처럼 나도 비어있는 넉넉함으로 욕심을 버려야겠다고 생각했던 날이었다.

이조년의 시조 「이화에 월백하고」는 배꽃이 달에 비치고 은하수가 흐르는 봄밤 정경을 그림으로 그리듯 서정적으로 노래하고 있다. 배나무 가지에 깃든 봄의 마음을 두견새가 알겠냐마는 다정한 것도 병이 되어 잠 못 든다 한다. 희디흰 배꽃에 흰 달빛이 비치면 사방은 곧 황홀해지도록 아름다워지겠지. 두견새도 그 봄의 마음을 알아 분명 잠 못 들고 있는 것이리라. 달빛에서 퍼져 나오는 향기가 배꽃에 전해져 그러잖아도 달뜬 마음을 더욱 달콤하게 수를 놓는 아름다운 밤. 다정함이 가득한, 순백의 달빛이 배꽃 위에 드리워진 봄밤에 누군들 쉬이 잠들 수 있을까. 달은, 달빛은 사람도 새도 잠 못 들고 서성이게 하는 설렘의 빛이다. 공간 안에 있든, 길 위에 서 있든 조용히 사색하게 하는 맑고 고요함이다.

조선 후기 풍속화가 혜원 신윤복의 「월하정인」은 주제에서 말해주듯 달이 등장한다. 밤 이슥한 삼경의 시간에 젊은 두 남녀가 조각달 아래 서 있다. 선뜻 발길이 떨어지지 않는 애달픈 모습으로 이별을 곧 할 장면이다. '달은 기울어 둘의 마음은 둘만 알리라'라는 화제만큼이나 그림은 꽤나 많은, 그리고 곧잘 통속적 의미로 풀이 되기도 했다. 그 밤, 헤어지는 두 연인에게 어울리는 달은 충만의 보름달이 아닌 비어있음으로 인한 그립고 서러운 조각달이었다. 은은한 달빛도 안개처럼 몽환적이다. 맑은 달빛이었다면 그들의 헤어짐이 차라리 덜 섧지 않았을까. 그러나 달빛은 그 자체만으로도 뼈가 쑤실 만큼 누군가를 그립게 한다.

음력 정월 대보름이다. 어렸을 적 고향에선 소나무와 대나무를 이용해 커다란 달집을 만들었다. 달집에 필요한 나무를 옮기는 것은 어른 아이 할 것 없이 동네 사람 대부분이 동원되었다. 무겁고 커다란 나무를 하나하나 운반하는 일은 쉬운 일이 아니었지만 친구들과 온통 들떠서 힘든 줄도 몰랐던 기억이다. 어른들이 달집을 만들고 드디어 보름달이 떠오를 쯤 그것에 불을 붙이면 온 동네가 환하게 밝아졌다. 하늘에서는 보름달이, 땅에서는 불타는 달집이 어린 마음을 무척이나 일렁이게 했다. 아마 그때부터였는지 모르겠다. 달만 보면 마음이 싱숭생숭해지고 대상 없는 정인을 그리워하던 습관이 시작됐음이.

늦은 밤이 되어도 꺼질 줄 모르는 도시의 화려한 불빛들이다. 색색들이 비춰내는 그들이 밤하늘에 다소곳하게 떠 있는 달에 비할까. 현란하지 않기에 오히려 그 앞에서 더 마음이 누그러지는 것은 아닐까. 한없이 맑고 고요해진다. 자꾸만 올려다보고만 싶어진다. 달무리가 끼어 흐릿하면 흐릿한 대로 운치가 더해진다. 슬픔 하나가 목 밑으로 차고 올라도 기꺼이 즐길 수 있을 것만 같다. '꽃 피기 전 봄 산처럼 꽃 핀 봄 산처럼 누군가의 가슴 울렁여 보았으면' 하고 「마흔 번째 봄」을 노래한 시인처럼, 달을 보는 누군가의 가슴을 나 또한 울렁여 보았으면 하고 생뚱맞은 생각을 해본다. 오늘 밤 따뜻한 차 한 잔 가슴에 품고 넉넉히 달을 보리라.

그녀의 담배 연기

　　대기가 온통 뿌옇다. 몽환적인 안개와는 또 다른 느낌으로 답답함이 폐를 짓누르는 듯하다. 창을 열었다가 불에 덴 듯 깜짝 놀라 얼른 다시 창을 닫는다. 극심한 황사에 '미세먼지 매우 나쁨'이라는 일기예보가 오늘 정확히 들어맞는다. 천식이 있는 나는 이런 날 가급적 외출을 삼간다. 오래전 기관지 결핵을 앓고, 기관지 협착증으로 확장 시술을 몇 번 받은 후 어쩔 수 없이 날씨의 영향을 많이 받는다. 추위와 간절기의 변덕스러운 날씨, 늦은 봄의 꽃가루들은 반갑지 않은 자연 손님들이다. 자연 현상이야 어쩔 수 없다지만 그에 버금갈 만큼 나의 기관지를 힘들게 하는 것이 있었으니 바로 담배 연기다.

　　어렸을 적 부모님과 한방에서 잠을 잤던 나는 새벽녘 매캐한 담배 냄새로 잠이 깨곤 했다. 숨을 쉴 수 없을 만치 방안 가득 피어오르던 담배 연기는 춥고 음습한 새벽 안개처럼 늘 내 정신을 혼미하게 만들었다. 쌍생아를 임신하고 숨을 쉬기도 힘들어하던 엄마에게 친척분이 담배를 권했단다. 이후 엄마는 담배에 의지하게 되었고 그런 나는 뱃속에서부터 담배 연기를 맡게 되었다. 그래선지 유독 담배 냄새에 강한 거부감을 느꼈고 근처 보이지 않는 곳에서 뿜어져 나오는 담배 냄새도 후각의 레이더망에 꼼짝없이 걸려든다. 자유롭고 싶었지만, 너무도 간절히 자유롭고 싶었지만 더불어 살아가는 삶이라 완전한 자유는 있을 수 없었다. 대신 환경에 최대한 노출되지 않게 스스로 조심을 하는 것만이 나를 보호하는 방법이다.

여름날 뙤약볕에서 김을 매던 엄마는 받침대에 의지해 웃자란 오이 줄기 그늘 속에 앉아 담배 한 모금을 빨았다. 그 한 모금의 끽연이 고된 노동과 땀을 잠시 식혀주었으리라. 어렸을 땐 젊디젊은 엄마가 담배 피우는 게 영 마뜩잖았다. 다른 친구들 엄마는 그렇지 않은데 왜 우리 엄마만 그러는지, 아버지도 하지 않는 담배를 왜 엄마가 피우는 건지 싫었고 혹 누가 알게 될까 봐 두렵기까지 했다. 아마도 멀리 퍼지는 담배 연기와 함께 어렴풋이 들리는 엄마의 한숨 소리가 듣기 싫었는지 모를 일이다. 지금 같으면 비록 싫은 담배 연기라도 그 옆에 앉아 엄마의 얘길 듣고, 콜록이며 인상 찌푸리는 대신 모깃불에 부채질하듯 그리 손 부채질하며 엄마의 한숨을 이해할 텐데. 왜 철은 그렇게 더디 들어가는지. 소중한 것이 스러져 갈 때쯤에야 비로소 나는 철이 들고 어른이 되어 간다.

　엄마는 평생 아버지의 뒷모습만 보고 사셨다. 두 분 사이가 좋을 때도 많았지만 기실 원치 않게, 뜻하지 않게, 속은 듯이 엄마는 아버지의 두 번째 부인이 되었다. 집안 어른들의 반대로 첫 사람과 헤어지게 된 아버지는 오랜 시간 그분을 잊지 못하셨고 아무것도 모른 채 설렘 가득 안고 시집온 엄마를 냉대했다. 부족함 없이 자란 막내가 맞닥뜨린 시집은 차라리 꿈이었으면 할만치 암담하고 피하고 싶은 현실이었다. 처음 사람과의 사이에서 태어난 큰 오빠는 어쩌면 엄마에게 가슴 속 빼지 못하는 못이 되어 평생 마음을 절뚝이며 사셨을 테다. 새벽녘 자다 깨서 피우는 엄마의 담배는, 그 냄새가 싫기도 했지만 엄마의 한숨과 회한이 묻어나는 아픔 같아서 설핏 잠이 깬 나는 언제나 가슴 한켠이 무너지는 느낌이었다. 너무나도 싫은 담배와 그 연기지만 꽃 같은 엄마가 가엾고 아파서, 엄마를 조금이라도 기쁘게 해주고 싶어 매번 담배 심부름을 도맡아 한 아이가 이슬 맺힌 눈가로 지나간다.

남정연

아버지는 6년째 파킨슨씨병과 투병 중이시다. 그런 아버지를 엄마는 극진히 간호한다. 말로는 밉다 밉다 하면서도 혹 더 나빠질까 봐 늘 전전긍긍이다. 젊었을 때 엄마를 냉대한 것, 엄마 가슴에 비수를 꽂은 것, 가끔은 무력을 행사하여 조그만 엄마 몸에 생채기를 남긴 그 모든 것들이 시간이 갈수록 더욱 선명해져 가끔 아버지에게 슬픔을 쏟아낸다는 엄마. 참았다 내리는 세찬 소나기처럼 두서없이 쏟아지는 엄마의 말들을 아버지는 묵묵히 잘 받아들인다. 그렇게라도 엄마에게 미안함과 사죄의 마음을 전하려는 듯. 한 번도 담배를 피우지 않았던 아버지는 엄마의 담배 연기가 싫을 법도 했을 텐데 이해하고 묵인함으로 엄마의 아픔을 보듬어주려 했는지 모르겠다.

설 명절에 고향집에 간 나는 예의 엄마의 그 담배 연기와 마주한다. 칠십 중반에 이른 엄마는 이제 거의 손에서 담배를 놓지 않으신다. 언제나 담배 연기에 치를 떨고 까탈을 부린 나였는데 이상하리만치 전처럼 독하지가 않다. 엄마도 그러신다. 우리 막내가 웬일로 담배 연기에 암 소리 않느냐고. 불혹을 넘어선 딸이 이제야 새삼 엄마의 삶을 이해하는 것도 아닐 텐데, 내 호흡기를 자극하던 담배 연기가 불현듯 공기 중에서 정화된 것도 아닐 텐데 내가 생각해도 참 의아했다. 싫은 것은 한 치의 양보나 협상 없이 멀리하던 속 좁은 나였는데, 그런 나도 나이를 먹으니 받아들일 줄 아는 여유가 생겼나 보다. 그보다도 엄마의 외로움과 회한을 달래주는 담배에게 아주 작은 경의를 표하는 것인지도 모르겠다. 담뱃값이 많이 올라 걱정하는 엄마, 그런 걱정일랑 하지 말고 여태 그래 왔던 것처럼 담배 연기에 모든 시름과 근심 다 날려버리고 건강하고 행복한 삶 오래 누리시길 바라고 기도한다.

정소영

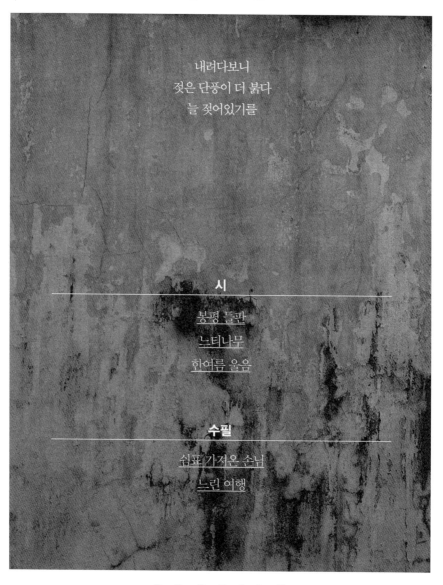

내려다보니
젖은 단풍이 더 붉다
늘 젖어있기를

시

봉평 들판
느티나무
한여름 울음

수필

쉼표 가져온 손님
느린 여행

P R O F I L E

부산 출생
『문파문학』 시 부문 신인상 당선 등단
동남문학회 회원, 문파문학회 회원
저서 : 공저 『1초의 미학』

봉평 들판

떠나간 이 기다리며 백발 된 뿌리

그리움 스며들어 붉게 물든 줄기

물색 하늘로 올라가

퍼렇게 헤진 가슴으로

은하수 쏟아낸다

진줏빛 별들은 태양의 질투에 까맣게 그을렸다

젖은 낙엽 평상에 앉아

봉평의 까만 밤 지새우며

하얗게 가루 내어

반질대는 가마솥 뚜껑 고소한 기름 속으로

마른 벌레 울음소리와 버무리고

진한 향수 지져내어

흰 접시에 담아낸 메밀전

쭈욱 찢어 한 입 쏘옥 밀어 넣었다

무지개가 입안에서 구른다

느티나무

당당한 늙은 어미 불 켜지듯 휘청인다
온몸을 소나기처럼 달리던 붉은 수액은 뽑히고
명치끝에 링거가 신음한다
커다란 상처 구멍은 생명의 자궁이 되어 버렸다
구겨진 종잇장 같은 뱃가죽이 너덜너덜
묵어가며 빛이 바래버렸다
밑동은 뒤엉켜 완전히 덩어리져
구겨 앉은 늙은 짐승이 되어있었다

겨드랑이 잎들은 노랗게 질리더니
마지막 긴 여정의 무게를 치러내느라 붉은 한숨 삼킨다
어머니가 펼쳐놓은 평상의
마른 호박처럼 쪼그라진 잎들은
바람이 떼어놓는 순간까지 바스러지며
작별의 시간을 위한 고통을
가지 끝에서 지키고 있다

바람이 불고 구름이 지나고
해와 달도 멈추지 않을 것이다

한여름 울음

볕 잘 드는 이 땅
인간들이 들어와 강제 철거민이 된
본래 주인 녀석들이 돌아왔다

하수구에서 평생 단 한 벌로 흉측한 몸을 감추고 살았다
영혼을 팔아 여름밤의 찬란한 시간을 얻어냈다
무더운 날 비가 와도
몸속 깊숙이 감춰둔 붉은 피가
구겨진 날개로 흘러 들어가
비상하는 그 날이 왔다

땅이 갈라질 정도의 극심한 가뭄이다
한꺼번에 지하에서 몰려나온
시한부의 그놈들
아침을 날카롭게 찢어버린다
절정의 시간을 위해 악을 쓰며 울어댄다

쉼표 가져온 손님

　　지난겨울은 '삼시세끼'라는 텔레비전 프로그램을 즐겨 보곤했다. 기본 내용은 도시와 멀리 떨어진 정선에서 직접 농사를 지어 자급자족하는 것이다. 삼시 세끼를 직접 만들어 먹음으로써 한 끼의 소중함을 알게 한다. 바쁜 도시인들에게 농촌의 삶을 보여주며 대리만족과 휴식을 주기도 했다. '별이 빛나는 밤에' 편은 나에게 모처럼 큰 힐링을 선물해 주었다. 저녁 식사 후 출연진이 모두 평상에 모여 앉아 촬영 조명을 껐다. 조명이 꺼지자 온 세상이 새까매지고 보이지 않던 별이 나타났다. 서울에서는 볼 수 없는 정선 하늘에 보석들이 뿌려졌다. 여기저기 감탄 소리가 들린다. 이내 모두 말이 없어지고 하늘만 바라보고 있다. 시간이 멈추었다. 오직 장작불 온기와 카세트테이프에서 음악 소리만 흘러나오고 있었다.

　　정선의 까만 하늘에 반짝이는 별들을 보며 오래전 평창에서의 일이 떠올랐다. 강원도 평창 아름다운 꽃이 피는 '기화리'라는 마을에 농촌활동을 가는 길이었다. 트럭 짐칸에 탔다. 산속이라 금방 날이 어두워졌다. 좁은 산길이라 앞이 전혀 보이지 않았다. 까만 허공에 떠서 달리는 것 같아 겁이 났다. 트럭이 덜컹거리며 요동쳤다. 칠흑 같은 어둠에 절벽 아래로 굴러떨어질 수도 있겠다는 공포가 밀려왔다. 두 손을 모으고 기도하며 하늘을 바라봤다. 순간 두려움은 사라졌다. 시간이 정지한 듯 숨 막히는 감동이 몰려왔다. 도시에서 볼 수 없던 장관이었

정소영

다. 그 후 별을 많이도 쫓아다녔었는데 바쁜 생활에 그 좋은 날들을 잊고 있었다.

　정선이나 평창의 밤하늘을 보는 동안 누구나 외마디 감탄사 뒤에 침묵하는 이유를 생각해본다. 밥을 먹고 일을 하고 늘 무언가를 하느라 바쁜 일상을 지낸다. 별을 마주하는 동안은 시간 그 자체만을 느끼게 된다. 잠시 동안 '나만의 시간'을 통해 진정한 안식을 만난다. 도시의 각박함과 남을 의식하며 비교하는 삶에 지쳐 언제나 그 자리에 있었던 별이지만 여유롭게 바라볼 틈이 없었다. 별은 우리가 갈 수 없는 지구 밖 저 너머 암흑의 우주에서 긴 시간을 달려와 준 손님이라 더욱 경이롭다. 어둠을 한 점 한 점 지워나가며 우주가 자신의 속살을 드러내주고 있는 것이다.

　주변에 자라는 작물, 자신만의 색을 자랑하는 꽃, 귀여운 동물, 음악 소리를 만들며 내리는 비. 잡음을 없애 주며 부는 바람 모두가 우리의 걸음을 잠시 세워준다. 천천히 걸으며 휴식을 하게 해준다. 쉼표의 시간을 가지고 온 우주의 손님은 온전한 영혼의 힐링 시간을 준다. 이제는 우리에게 설렘을 주던 별의 서정이 점점 사라지고 있다. 천체 관측소를 찾아가야만 밤하늘의 정겨움을 느낄 수 있게 되고 있다. 누구에게나 보이는 별이지만 누구의 것도 아니다. 오직 바라보는 사람만이 별의 속삭임을 직접 들을 수 있다. 깊은 산으로 가면 더 미세한 신의 숨소리까지 들을 수 있지만 지금 서 있는 그 자리에서라도 하늘을 바라보자. 도시에서는 가장 밝은 시리우스 한 개만 외롭게 반짝이는 날도 있다. 외로운 달만 지키고 있을 때도 있을 것이다. 하지만 우주에서 보내는 어두운 침묵은 언제나 만날 수 있다. 오늘도 나만의 쉼표의 시간을 느껴본다.

느린 여행

　　휴식을 위한 여행을 하리라 마음먹었다. 수목원도 있고 문학 기행도 가능한 가까운 춘천으로 향했다. 여름 여행은 비를 몰고 다니는데 느린 여행이란 핑계로 대충 준비하는 바람에 우산을 못 챙겼다. 젊었을 때는 송곳 같은 성격으로 충분한 부부 싸움거리였는데 둘 다 느긋하다. 이제 상대를 할퀼 힘도 없어졌나 보다. 양평쯤 가다 고등어 백반집에서 식사를 했다. 앞마당에 여름꽃이 좋아 보여 사진을 찍다가 밥 앞에 놓고 철없이 군다고 타박을 받았다. 노엽지 않았다. 낄낄댔다. 여유로운 마음으로 진짜 휴식을 해보기로 마음먹은 탓이다.

　　춘천 햇골길에 이름과 어울리는 푸른 정원인 '제이드가든'에 먼저 들렀다. 유럽풍의 정원으로 꾸며 놓아 동화 속으로 들어가는 기분이었다. 한여름이지만 비가 보슬거리며 내려 덥지 않았다. 산책하기에 적당했다. 어린 연인들이 드라마 장면을 연출하며 사진 찍느라 정신이 없다. 촬영이 끝나기를 기다리느라 발을 멈추곤 했다. 기다려야 하는 시간이 기분 나쁘지 않았다. 계곡 따라 펼쳐진 수목원이 아름다웠기 때문이다. 우산이 없어 작은 양산 하나로 머리만 간신히 가렸다. 할 수 없이 우리도 팔짱을 끼고 다녔다. 꼴이 우스워 실실거렸다. 다양한 꽃과 나무로 꾸며진 테마별 산책길이 여러 코스였다. 빠짐없이 봐야 직성이 풀리던 때가 있었지만 시원한 물이 흐르는 계곡 길만 걸어도 충분했다. 바람과 겨루다 끝내 꺾여버리는 잔가지였는데 세월이 흘러 이젠 제법 굽을 줄 아는 고목의 가지를 닮아가고 있나 보다. 여유로움에 젖은 풀 사이로 행복하게 고개 내민 꽃들 마냥 뿌듯하다.

　마당이 예쁜 한옥 게스트 하우스에서 하룻밤 묵었다. 말없이 통닭에 맥주 한잔 했다. 파리를 쫓느라 시달렸지만 떨어지는 비만 한가롭게 바라보니 편안했다. 젊은이들의 노랫소리와 여름밤 빗소리에도 깊은 잠을 잤다. 시간에 쫓기지 않는 달팽이 잠을 잔 덕이다. 김유정 문학촌을 찾아갔다. 산으로 둘러싸인 모습이 떡시루 같다는 실레마을이다. 김유정 생가를 복원한 곳이다. 시적인 이름의 실레마을은 사람들도 모두 시적일 것 같다. 골계문학의 진수인 김유정의 해학적 감성도 고향에서 얻은 것 같다. 노란 동백이 있는 문학촌 마당에는 작품 속 인물들이 그대로 형상화되어 있었다. 우리는 그의 소설에 등장하는 밥술 넉넉한 점순이처럼 닭싸움을 시켜보았다. 노란 동백에 쓰러져 알싸한 향도 느껴보고 싶었다. 우리의 가난하고 비참한 삶의 비애를 작가는 따뜻한 맘으로 해학적으로 표현해 주었으리라 생각되었다. 부유한 집에 태어났으나 형의 재산 탕진으로 궁핍하고 병까지 얻어 고통의 생을 일찍 마감했다. 그는 최후 순간까지 작품에 대한 열정을 놓지 않았다. 그의 열정이 짧은 생애에 많은 작품을 남기게 되었다. 우리가 그 덕분에 그의 작품 속에서 행복할 수 있다고 생각한다.

　전시실 옆에는 겹집인 생가가 있다. 마루에 앉으니 그가 수없이 썼던 연애편지마냥 사각 하늘이 눈에 들어왔다. '벌거숭이 알몸으로 가시밭에 뒹그러져도 그 님 한 번 보고지고'라고 기생 녹주와의 이루지 못한 사랑의 절규 같은 여름비가 내렸다. 그의 깊은 절망이 뒷산은 동백꽃, 물레방아는 산골나그네, 윗집은 봄봄으로 실레마을 전체가 작품이 되었다. 우리에겐 그 절망이 위로가 되어 돌아왔다. 그의 못다 한 이야기는 이곳을 찾는 이들을 통해 연못의 연꽃으로, 봉긋한 동산의 들꽃으로, 노란 동백꽃으로 끊임없이 피어날 것이다. 절망과 고통의 순간 해방을 주는 문학에 푹 젖을 수 있어서 충분한 위로가 되었다.

집으로 돌아가는 길에 이야기로만 듣던 친정 집안의 뿌리를 찾아보았다. 신숭겸 장군 묘역에 들렸다. 제례가 있는 날인지 많은 사람들이 큰비를 맞으며 나란히 있는 두 개의 묘에 절을 한다. 춘천의 명당답게 키 큰 소나무와 넓게 펼쳐진 푸른 잔디가 아름답다. 눈 앞에 펼쳐진 물에 젖은 이 아름다운 숲이 묵은 상처까지 어루만져준다. 안개 핀 호수들을 봉긋한 산들이 둘러싸고 있다. 한 폭의 수채화다. 느린 여행이 휴식이라는 선물을 주었다.

장선희

시간이 날 깨우고
시간이 날 움직이게 합니다
이제부터 난
내 삶 속의 여행을 시작합니다

수필

깨어나라!

무언가

봄·가을 나뭇가지

PROFILE

충남 예산 출생, 동남문학회 회원
저서 : 공저『1초의 미학』
E-mail : jaizim@hanmail.net

깨어나라!

　　한적하다. 가족들이 없는 텅 빈 집, 잠시 멍하니 허공의 미세한 부유물을 지켜본다. 나란 개체는 가족의 테두리에서 자의 반 타의 반 시간의 등에 업혀 조용히 잠자고 있었다. 그런데 시간이 유야무야 날 깨우고 있다. 의도치 않게 깬 난 게슴츠레한 정신으로 안절부절 거실을 서성이는 게 마치 알에서 갓 깨어난 병아리마냥 그리운 향기를 찾으러 다니는 모습이랄까. 익숙한 공간에서 느껴지는 익숙지 않은 이 느낌, 시간은 어딘가 숨어 있는 나를 찾는 숙제를 냈다.

　사람들 가운데 무리와 어울리길 좋아하는 사람이 있다. 그들의 주변은 항상 사람들로 북적인다. 집에 차를 마시러 부르거나 없는 일정도 만들어 꼭 무리 속에 있어야만 불안하지 않다고 말한다. 혼자 있길 즐기는 나에겐 선뜻 이해하기가 어려웠지만 한편으로는 그들만의 이유도 납득이 된다. 외롭다는 말이 곁에 사람이 없어서가 아니라 마음 속에 사람이 없기에 불안해서 오는 외로움일 것이다. 그들은 무리 안에 있어야만 자기 자신의 불안함을 동화시킬 수 있다고 여기고 있기 때문이다. 사람은 감정의 동물이라고 말했던가. 감정의 동물이라 하지만 기분대로 사는 또는 살 수 있는 사람은 거의 없다. 관습과 윤리, 이성에 밀려 내 감정을 감추고 바꾸며 산다. 가끔은 자신을 위해 과감한 탈 무리를 꿈꾸는 것도 정신 건강에 좋다고 생각한다.

　돼지 왼 발톱이라는 속담이 있다. 언제나 떳떳하고 올바른 길을 따라야 하는데 남과 다른 행동을 보이거나 또한 벗어난 일을 하는 사람을 비유적으로 표현한 말이다. 대학 시절 교수님이 나에게 수업을 어떻게 맞춰야 할지 모르겠다는 푸념을 하였다. 당시 난 획일적으로 수업에 따라가는 아이들과는 차별화된 것 같아 으쓱했다. 우산 없이 비를 맞고 다녀도 다른 사람의 시선은 그다지 신경을 쓰던 아이가 아니었기 때문이다. 사회 생활을 하면서도 남들과는 다른 시각과 관점으로 보려는 생각이 더 컸었고 또 그런 부류를 선망했다. 몇십 년째 잠자고 이제 막 깬 난, 잠을 자는 동안 내 삶을 위한 지혜를 얻고 있었으며, 시간이 이를 증명이라도 하란 듯 다시 날 세상 밖으로 내보내며 사명을 준 것 같았다.

삶이 나에게 너 왜 그리 살았니? 묻는다면 대답할 수 있는 사람은 과연 몇이나 될까. 빠르게 변화하는 현대는 그만큼 빠른 속도로 생성 소멸 교체를 반복적으로 이루어진다. 그러나 나는 답할 수 있다. 시간이 날 재우고 또 깨웠으니 이제부터 나는 나를 찾는 방황을 시작하겠다고 말이다. 이제 우리들은 삶의 긍정과 자기를 찾아야 한다. 유동적인 현대인의 삶, 형체 없는 고통의 바다와 같은 현실에서 성찰적인 자신의 삶을 찾으며 산다면 삶이 결코 나를 끌고 가진 않을 것이다. 이 순간부터 우리는 우리의 삶의 주인이 되자.

무언가

내가 알고자 하는 호기심이 절망보다 크고 호기심을 충족시켜 준다면 무시무시한 죽음과도 손을 잡을 수 있을 것 같았다. 극한 상황에 처해 내 눈과 귀는 멀고, 사고력과 행동력, 이성도 마비돼 나란 존재의 생명줄을 놓았다면, 아마도 지금쯤 어둠의 세계에 말없이 순응해 있을 것이다. 그 끝이 죽음일지라도 이곳과는 사뭇 다른 흥미진진한 세계가 기다리고 있을 것이라 여겼기 때문이다. 어느 누구도 그 세계는 모른다. 알기란 죽은 자만 아는 것이요 어느 누구도 알 수 없는 신비로운 영적 세계일 것이다.

참으로 슬픈 일이지만 정의를 위해 도덕적 판단을 도와주며 안전판 같은 양심이 이따금 무시무시한 짐으로 여겨진다. 마음속 깊은 곳에 밝힐 수 없는 혹은 밝혀지기를 거부하는 일이 하나씩은 있기 마련이다. 설령 그것이 밝혀진다 해도 내면의 밑바닥 한 귀퉁이에 그 잔재를 남겨 두는 법, 그래서 100% 진실을 밝혔다고는 말하기 힘들다. 생소하겠지만 이 무겁고도 사실적인 일들은 땅속으로 가는 과정에서도 양심을 부여잡고 무덤에 들어가서야 짊어진 짐을 내려놓는다. 축축한 수증기를 흡수한 구름이 서서히 부풀어지다 폭우가 되어 쏟아내는 것처럼 말이다.

죽음에 대해 알고자 하는 호기심이 최고조로 달해 있을 때가 사춘기다. 배를 타고 항해를 하다 보면 급작스러운 기후 변화로 폭풍우를 만날 수 있다. 날카롭고 거센 파도가 최고 꼭대기까지 치올라 갔다 다시 출렁이는 축축한 바닥으로 떨어지는 경험들은 잔잔한 바다에서는 볼 수 없는 일이다. 우리 인생도 역동적인 롤러코스터를 타기 전과 후의 감정이 다르듯 무엇을 단정하고 예측하기가 어렵다.

어릴 적 성마른 성격이었던 난 다람쥐 쳇바퀴 돌리며 운동하듯 두려움과 고통도 다람쥐처럼 적당히 즐기며 이겨내는 방법은 없을까 생각한 적이 있다. 나는 결코 본성 속 관념적인 시선에서 만족하지 못할 것이라는 걸 알기에, 눈앞의 막막함조차 상상력으로 소설을 쓰고 지우듯 새로운 스토리를 구상하는 일차원적인 발상을 해본 것이다. 지금의 고통이 때때로 다가올 다른 어떤 고통들로부터 긍정적인 쾌감을 얻을 수도 혹은 잃을 수도 있을 것이라는 사실을 해득된 것이다. 고통이 때론 약이든 독이든 될 수 있어도 여전히 유한과 무한을 잇는 삶의 진동운동과도 같다. 다행인 건 각자 생각에 따라서 낙관적으로 갈 가능성이 많다는 것이다. 지금도 이 생각에는 변함이 없다.

우리가 너무나 무지한 존재라는 걸 감추기 위해 다양하지만 실제로는 단순한 소리일 뿐인 언어 뒤에 숨는다고 한다. 누구에게나 무수한 감정이 영혼에 잠식하고 있지만 그러한 감정을 찾아 표현하기란 무에서 유를 창조하는 것만큼 어렵다. 철이 들면서 생각의 길을 좇으며 영혼과 감정이 일치하는 말을 찾기 위해 고민을 했었다. 모두에게 어울리는 옷을 찾기 위해 단 한 사람이라도 내가 만든 옷을 찾아 준다면 그들을 위해 꾸준히 수선과 재단하는 일은 멈추지 않을 것이라고 말이다. 공감은 남의 감정과 의견, 주장에 대하여 자기도 그렇다고 느끼는 기분이다. 옷을 만드는 자의 솔직한 마음을 담아 그들 마음의 맞는 계절 옷을 입혀 주는 것이 진정한 옷의 기능이 아닐까 생각해본다. 또 다른 자신과의 지난한 싸움이다.

봄·가을 나뭇가지

청명한 가을 하늘 같은 봄 하늘. 처벅처벅 가로수 길을 걷다 나뭇잎 하나 없이 하늘을 가리고 있는 엉성한 나뭇가지들이 보였다. 봄의 찬바람은 겨우내 입었던 옷깃을 풀기에는 이른 감이 들 정도로 매섭다. 앙상한 가지에 벙글려 하는 꽃봉오리들도 갑자기 찾아온 한기에 웅크려 속닥거리며 갈팡거린다. 나뭇가지들은 봄과 가을에 벗은 계절 옷을 찾기 위해 매해 지리한 시간을 이리 인내하나 보다.

우리가 알고 있는 봄의 표상은 생각만큼 매우 다양하다. 시작과 생명 도전 등 각자 개인이 품고 있던 생각들은 봄의 상징성을 가지고 실행에 옮기는 기초가 된다. 그래서 실패를 거듭하면서도 잠시 동면으로 휴식을 취한 후 또다시 봄의 표상에 힘입어 도약할 수 있는 심적 동요를 받는다. 봄 가지 곳곳에 매달린 연둣빛 봉오리를 보면 사람의 내면에 잠재된 자연에 대한 그리움을 자극하는 듯 편안함을 느끼게 해주며 오래오래 눈 안에 머금고 싶어진다. 그래서 봄은 정체된 마음의 심사를 다잡게 해주는 마력으로 새싹이 자라듯 지리멸렬했던 우리의 생각도 되찾게 해주는 역할을 해준다.

우리네 인생도 여러 가지로 비유를 들어 설명할 수 있다. 육상 경기 종목 중 하나인 높이뛰기로 비유해보자. 높이뛰기 경기 선수가 출발선에 서서 빠른 속도와 더불어 리듬감 있게 도움받기를 시도한다. 발 구르기로 최대한 높게 점프한 후 공중에서 몸을 아치형으로 만들어 안

전하게 착지하는 방법이 높이뛰기의 룰이다. 누구에게나 동일하게 주어진 시간에 의지와 꾸준한 연습, 정열, 집중력 등 자신의 삶의 목표의식을 위해 노력한다. 때로는 난관에 부딪혀 실패로 인한 좌절도 경험하고 극복도 하지만 이를 통해 우린 삶의 노하우를 터득하게 된다. 지혜는 나이와 함께 온다는 말이 아마도 이런 뜻이 아닌가 싶다.

누구든 내 삶이 행복했으면 하는 소망은 같다. 이것은 인생의 목표이기도 하다. 삶의 성공 여부는 개개인의 정서와 만족도에 따라 다를 수 있지만 궁극적인 목적은 행복이다. 사람마다 행복의 의미와 조건은 다르다. 때문에 행복한 삶의 적확한 해법을 얻기가 쉬운 일이 아니지만 우리는 행복을 추구하기 위해 무한한 에너지를 발산한다. 한 해의 행복은 가을에 한평생의 행복은 죽음 직전에 알게 된다는 속설이 있듯 계절 중에 가을은 한 해를 회고하고 돌아볼 수 있는 사람의 중년쯤 이랄까. 자연의 생명력이 최고점인 봄과 여름, 잠시간 휴식으로 들어갈 채비를 하는 가을과 겨울, 마치 우리의 인생과도 비슷한 느낌이다. 이른 봄의 앙상한 나뭇가지에서 지난가을의 상흔이 투영돼 보이는 것, 마치 지난(구) 세대를 거쳐 지금의(현) 세대가 찾아와 있는 듯 우리는 비슷한 경험 자아를 공유하게 된다. 사계절이라는 자연의 순리에서 인생의 진리를 찾을 수 있다는 말처럼 말이다.

원경상

하얀 글밭에 씨 뿌리며
달처럼 별처럼 꿈을 연다

시

P R O F I L E

경기도 과천 출신
저서 : 공저 『포도밭』, 『1초의 미학』
E-mail : wonks@naver.com

일하고 싶다

아침저녁 방아 찧어
삼복더위에 허리 휘도록
땀 흘리던 선풍기
계절에 밀려 일손 놓은 지
서너 달째
청년 실업 백만 시대
허기진 배꼽시계 눈치 없이
아직은 일하고 싶다며
꾸르륵 꾸르륵 보채는
까만 밤이다

우산

까맣게 젖은 밤
멀리서 들려오는 그림자 소리에
뜨거워지는 가슴이다
비 오는 밤거리를
한걸음에 달려온
분홍 우산 하나
한쪽 어깨 젖는 줄 모르고
붉은 꽃잎 활짝 피웠다

왜 몰랐을까

파아란 하늘
하얀 구름 꽃 피고
소슬바람 불러주는
사랑 노래
귓가에 들려온다

앞마당 정자나무 아래로
쏟아지는 금빛 물결
내 가슴 두드리는데
사무친 그리움 견딜 수 없어
흘러드는 금빛 끌어안으니
뜨거웠던 그 체온 여전하다

사랑하기에도
부족한 날들
그때는 왜 몰랐을까

가을 나무

계절의 종착역에서 스치는 인연마다
흩뿌려지는 사연들
바람은 말이 없고
달빛은 가을 나무만
시리게 바라본다

어머니

세상에 보낼 적에
서 말 서되 피 쏟으며
여덟 섬 너 말 젖 먹이느라
하얀 뼈가 검게 그을린 어머니

살을 베고
뼈를 깎는 고통 다 이기고
온갖 정성 다 들여
정한수 올리던 어머니

뻐꾹새 우는 가을
아직도 자식 걱정으로
고목나무 이파리 흔들며
고운 인연 붙여주려
뜬눈으로 지새우는 어머니

이산 가족 상봉

하얀 머리에 새순이 돋고
새소리 바람 소리
한 몸 되어 비틀거린다
길고도 먼 세월
눈물바다 되었고
얼싸안은 주름진 얼굴
청춘은 없어진 지 오래다
이 밤 지나
또 하루

그냥 이대로
며칠만 더
원도 한도 없으련만
기약 없는 이별 앞에
소낙비 내린다
헤어지는 차창으로
쏟아지는 피눈물
한반도가 온통 붉게 젖는다

과부촌 용머리

울 아버지 빼앗아간 산골 마을
포화 소리 그쳤으나
아직도 상처투성이다
비가 오고 바람 불어와도
울타리 없이 방황하던
아비 잃은 병아리들 송진 벗겨 먹으며
버섯 따고 나물 뜯어 허기 채워주던
어미 닭
날개 죽지 다 헐어 눈물 고인
과부 촌 용머리

정정임

후회하지 않으려는 사람들의 발자국 소리를 들으며.

PROFILE

충남 아산 출생. 동남문학회, 문파문학회 회원
수상 : 수원시 버스 정류장 인문학 글판 공모, 정조대왕숭모 전국백일장 우수상,
수원 화성 여름시인학교백일장 차상, 홍재백일장 차하
저서 : 공저 『1초의 미학』

달력

숫자들이 모인 이부자리에
첫째부터 막내까지
나란히 누워
별을 세듯 쌓아 놓은
수많은 세월

30명의 가족을 이끄는 가장은
월이 되고
년이 되어
세월로 흐른다

좋은 생각

씻어 버리자고
지워 버리자고
철수세미 박박 문질러 닦아보지만

둥둥 떠오른 기름기
몸속을 겉돌다 쌓여버린다

부패된 음식찌꺼기보다 무서운
생각의 쓰레기 더미에서
재빨리 나를 끌어내야만 산다

정성임

아가에게

아가야!
넌 나이니라
발가벗은 몸으로 태어나
호흡이 멈출 때까지
오로지 나이니라

아가야!
넌 나이니라
내 몸에서 뻗은 줄기이며 귀한 열매니라
네 몸이 아프면 내 몸도 아프다는 것을
명심하고 귀히 여기니라

아가야!
무엇이 먹고 싶으냐
무엇을 바라보느냐
너의 마음이 움직이는 대로
내가 먼저 반응하리라

아가야!
꿈을 꾸거라

솟아난 태양과 같이 세상에 우뚝 서거라

아가야!
어미의 젖줄을 힘차게 빨거라
사랑이 있는 한 너의 자양분이 될 터이니
무엇이든 두려워 말고 힘을 내거라

어머니

멈추지 않는 호흡과 같이
불러보고 싶은 이름
어머니

그렁그렁
울컥울컥
출렁이는 파도와 같이
철썩이다 부딪치는 그리움

장작개비처럼 바짝 마른 몸으로
칠 남매 키워내시다
부지깽이처럼 타버린 사랑

등 뜨신 줄 모른 채 살다가
순식간에 놓쳐 버린 이별

오늘도 목 놓아
불러 보고픈 이름
메아리로 남는다

노을

닿을 수 없어 바라만 보다가
품을 수 없어 그리워하다가
터지도록 붉어진 가슴

빨갛게
빨갛게 피어오른다

채색된 하늘
노을빛 사랑
땅바닥을 물들인 채

노을 진 그대 마음 한 움큼
훔쳐간다

봄의 왈츠

눈 뜨지 않아도 보이는 소리
귀 기울이지 않아도 들리는 소리
가까이하지 않아도 느껴지는 소리

쿵쾅
쿵쾅
얼었던 대지의 심장 뛰는 소리에
화들짝 눈 떠버린 초록빛 왈츠

혈액처럼 타고 도는 열린 가슴마다
봄 눈 틔운다

가을낙엽

파고다공원 벤치 위에 떨어진 가을 낙엽
구르다가
구르다가
혹한 겨울맞이 한다

햇살 그리워 찾아든 노인의 손
부끄럼 잃은 지 오랜 세월
거센 바람따라 이리저리 나뒹구는 노인
도심 속 청소부의 비질에 쓸려나간다

곧 떨어질 나뭇잎 하나
바스락
바스락

세상은 어느새 얼음

정정임

조영실

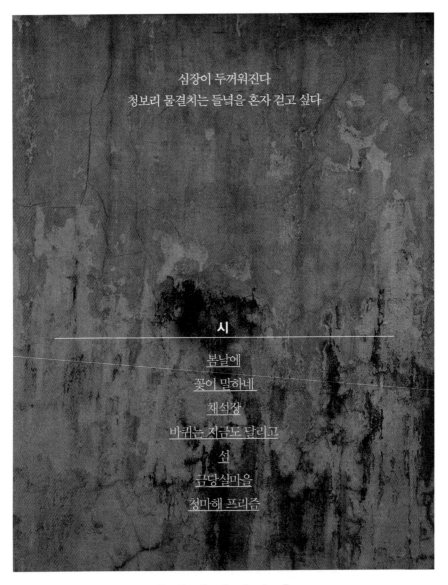

심장이 두꺼워진다
청보리 물결치는 들녘을 혼자 걷고 싶다

시

PROFILE

충남 당진 출생
동남문학회 회원
저서 : 공저 『1초의 미학』

봄날에

베란다에 활짝 핀
제라륨 심비디움 게발선인장
우리 집에 봄이 왔어요
발문跋文붙여 아들에게 보냈더니

우와 이쁘다
저런 거 있는지 몰랐네
답신 보내왔다

한 줄기 봄바람
뿌리
땅속 깊이 한 발 내리뻗는다
가지로 물오르는 소리 귓가에 맴돈다

꽃이 말하네

뜨락의
한 곳만 바라보는 꽃봉오리들
발길을 붙잡는다

나를 흔들며
마음을 지키라고
한 곳만 바라보라고 한다

햇살 비껴가는 북쪽만 향하고도
어찌 그리 함박웃음을 피워내는가
목련

채석장

숙지산 서봉_{西峰} 북쪽 능선

몸 드러낸 바위들

징으로 뚫린 구멍 줄지어 있고

구멍 속에 물푸레나무, 밤나무 넣어

물 붓고 부풀려 깊게 쪼갠 골 그대로다

산 안 가득 찼던

그 날 아우성 전설이 되고

잎 돋아 우거지다

단풍들어 떨어지는 한 호흡

수백 년 하였는데도

바위를 좋아한다는 흰털고깔바위이끼도

메마른 땅에서도 뿌리를 잘 내린다는 소나무도

아직 멀리서 바라보기만 한다

스며들던 그윽한 솔 향 그리며

조각달이 서쪽 하늘에 걸리면

끊어질 듯 이어지는 새살 돋우는 소리

몸 드러낸 바위 벼랑 골이 흔들거린다

조영실

바퀴는 지금도 달리고

동쪽에서 걸어온
햇발에 온몸 찔리며
가지마다
선홍빛 살을 뻗어 바퀴를 매단다
별빛 품고 시간이 걷는다
중력을 꿰뚫은 몸짓
부풀어 올라 원형의 단내 품고
바람을 가르며 달려와
촛불 켠다

레테의 강 저편
황도 복숭아를 베어 물고
마르지 않는 젖내로
방안을 환하게 밝혔던 어머니
내 손끝까지 달구며 함빡 웃는다
시간과 경계를 넘어온 향내는
해일처럼 가슴을 모아 세우고
전설에 또다시 전설 만들어
힘차게 바퀴를 굴린다

은하수 너머로

퍼져나가는 무지갯빛 바퀴살 반짝이며

연분홍빛 용트림 지금도 달린다

섬

사방은 검푸른 빛 날 세우고
수만 리 달려와 내리치는 거센 몸짓
패인 허리 또 패이고
터지는 울음소리 부서지는 파도 소리에 묻는다

뱃고동 환청 속에서 들리고
절벽 위 소나무 돌개바람에 흔들린다
바위 위 흰털바위이끼 고개를 빼고
깃털만 날리는 바다제비 둥지를 들여다본다

밀려나간 그리운 것들,
수평선 너머 그림자만 아물거리고
뭍으로 가는 길이 끊어졌다는 소문이 흘러왔지만
등대는 초록별 그리며
낡은 등명기燈明器 덜컹거리며 깜박거린다

금당실마을*

십승지지+勝之地* 금당실마을

집집마다 갈매나무 전설 풀어내고

골목마다 꽃들 향내 내뿜는다

활짝 열린 대문들 낯선 이들 보듬고

땅의 힘찬 용트림 마을 곳곳 가득하다

구석진 곳까지 비치는 햇살

땅속 생기 끌어올려

생명의 순결 휘날리고

안과 밖 경계 허무는 낮은 돌담들

구겨진 믿음으로 날 선 마음 녹인다

원형元型의 문이 열린다.

저마다 궤도를 달려온 충만한 생들이

가슴에 뜨거운 열기 가득 채운다

목 빛 꿈들이 무지개 너머로 깃발을 흔든다

---

*금당실마을 : 경북 예천에 있는 십승지 하나인 전통마을
*십승지지(十勝之地) : 정감록에 나오는 우리나라에서 살기 좋다는 10곳

조영실

청마靑.馬해* 프리즘

창백한 햇살은
산마루에 걸려 있다
이따금
그늘진 곳에 남아 있는 눈은
왜바람 따라 가녀린 날갯짓을 한다

시도 때도 없이
메마른 들판을
빙빙 돌며 울어대는 까마귀들
쫓아내는 손도 야위어간다
소리 없는 칼바람만 거세게 분다

갈라지고
모여지고 또 갈라지고
느닷없는
욕망의 불비가 휘몰아쳐
별 헤던 잎들은 속절없이 시들어간다

이리저리
떠돌아다니는 부유물 사이로

남아있는 꿈 조각들은

서로를 껴안고 시린 손 녹이며

또다시 또다시 별을 헤아린다

*청마해 : 2014년

김광석

땅속 어둠에서
광활한 우주로 나아가는
지혜를 주소서

시

PROFILE

경북 칠곡 출생. 동남문학회 회원
저서 : 공저 『1초의 미학』 외 다수
E-mail : dia21kim@hanmail.net

봄은 오지 않는다

이 겨울 다음
봄 오려나

사유에 든 긴긴밤
별밭 길 걷는다

만선으로 떠난 포구에
그리운 임 돌아오지 않고

이 겨울은 사라질 뿐
봄은 새로이 태어난다

겨울 다음
새봄이 올 뿐

이 겨울 다음
봄 오지 않는다

알 수 없어요

얼음 녹는 소리에
개구리 잠 깨는
대자연

빙하기 지나
찬란한 문화 꽃피우는
우리들 호모사피엔스

때로 지나친 욕망
어리석음이
만드는 상처

행복의 시작은
보이지도 않는
작은 샘에서

그 샘은
우리들 마음이려나
알 수 없어요

초록빛 잎새

봄
꽃 잔치 끝나
어줍어지면

뜰 앞
감나무 가지
생기 돋는 오월

초록 잎
도란도란 피워
녹음 일구어가면

대자연 속
나도
하나가 된다

관조

어느 날 다가온
낯설은 바이러스

그저
그런
작은 언덕이라 하던

한 대륙 휩쓴
페스트보다
더할 수도 있어

또다시
들어본다
삶의 관조

가장자리에서

상크름 한더위 가장자리 맵찬 바람 불어 올 때 때로 불태우던 야망 속도위반의 대가 호되게 치른 아픔 삶의 나이테 되고

피부 맞대고 팩팩한 공기 지금 밟고 서 있는 삶의 가장자리는 넘어지지 않는 자전거처럼 달린다

푸르를수록 좋은 것만은 아닐세 결핍에 허덕이는 어려운 이 야기 마주칠 때면 가늘고 엷어도 그 속 의미가 새롭다

초승달

달보드레 복숭아 얼굴 눈썹으로 해 질 녘 짧은 시간 어여쁜
자태 어머니의 어머니로부터 가이없이 이어온 보름달같이 애지
중지 곱게 커졌으리라 팔월 둥근 보름달 아스라한 어릴 적 고향
생각 달 차오르듯 가슴에 차오른다

달 뜨는 산을 넘어 두고 온 고향 추석을 손꼽아 기다리던 시
절 어줍던 어린 시절 다시 내게 없어도 이 세상 태어날 아이들
에게 젖는 밤 아름다운 이 땅 이야기로 초승달은 차오른다

무더웠던 한더위 각시 산모 비 온 듯 온몸 적시는 여심으로
산고의 땀방울 되어 온천지 무서리 내리고 고추바람에 얼지 않
는 겨울 채비 위한 가을 잔치 밝혀줄 밝은 달 엄마와 단미 둥근
달로 차오른다

나락奈落

넓은 바다 한낱 새우들 겨르로이 산호초 즐길 때
자본의 단맛 본 고래는 먹이 연쇄 이룬다

깊은 물밑 고요 무슨 소리 들릴까
청각 좋은 그놈 그 소리 들림에 확실하다

지구 이곳저곳 인간 세상에
기쁨 뒤 언제나 슬픈 이야기 들려온다

심해深海 마천루 높아갈수록
세상 불협화음 수면 위로 퍼져 나오고

마리아나 해구 톰 소여 모험도 안네의 일기도 없다
오직 적막만 흐른다

더 내려갈 곳 없는 바다 이제는 반등의 시時
나로도 발사대 별나라 꿈 쏘아본다

남지현

국화 향기 그윽한 10월
한줄기 아련한 기억들이 가슴 한켠 시려오네요

시

PROFILE

경기 여주 출생
동남문학회 회원

숨

긴 여름 장마 벽을 타고 흘러내린다
매캐한 어둠의 기운이 방 안 가득 퍼진다
솔로몬의 영화도 양귀비의 미모도
호흡이 있을 때 빛나는 것

어미의 숨결 따라 호흡하며
실낱같은 가느다란 인연의 끈 놓칠세라
떨리는 손 부여잡고 중언부언한다

거친 숨소리 적막이 흐른다
창문을 두드리는 세찬 빗줄기
쇠북이 찢어지듯 요란한 천둥소리

순간 이동을 한 것일까
아무것도 보이지 않는다
아무 소리도 들리지 않는다

마중

노을빛 국화 한 송이
애절하게 피어있는 뒷동산

늙은 소나무 그늘 아래
봉긋한 새색시 앞가슴
예쁘게 꽃단장하고

이제나 오시려나
저제나 오시려나

기다리는 이 있어
서글픈 영혼이여

해바라기

온종일 해를 바라보다
가슴이 까맣게 타버린
흔들어도 꿈쩍 않고
고개 숙인 해바라기

단단한 겉옷을
홀연히 벗어 던지고
뽀얀 속살 드러내
다람쥐 하나 오소리 하나

바람처럼 구름처럼
덧없는 세월 속에
가지마저 꺾이고
거센 폭풍우에
뿌리마저 뽑힌 채

마지막 숨결마저
바람이 흔들고 갔는가
떨어질 듯 위태하구나

남지현

백목련

만물이 소생하는 새봄
두꺼운 겉옷을 훌훌 벗어 던지고

수줍은 꽃망울 살포시 터뜨려
그대 가는 길 등불이 되리

행여 어두워 실족할까
하늘 높이 솟아올라

백목련 활짝 피워
불 밝혀 주리

아버지 똥지게

짹짹짹 새벽을 연다
싸리문 젖히는 소리
외양간 어미는
주인을 부른다

모락모락 땅 안개
온 지면을 덮을 때
똥지게 짊어지고
언덕길 오르던 아버지

거북이 등가죽
마디마다 못 박힌
거칠어진 손
붉은 선혈이 흐른다

삶의 무게가 버거워
밥알 동동 막걸리 친구 삼아
거북선 은하수 애인 삼아
너털웃음 짓던 아버지

남지현

텅 빈 외양간

덩그러니 걸려있는

주인 잃은 똥지게

아버지 대장간

땅땅땅 망치 소리
송글송글 땀방울

지옥의 풀무 가마
만물을 집어삼킬 듯
분노의 불길

달궈진 쇠붙이
커다란 쇠망치
사정없이 두드린다

차거운 물속에 풍덩
뜨거운 불 속에 풍덩

땅땅땅 단련되어
정금같이 나오리라

남지현

버팀목

왠지 모를 서러움에 목이 메인다
아무도 찾는 이 없는 쓸쓸한 겨울 바다
나만 홀로 덩그러니 버려진 듯

언제나 뒤돌아보면
든든히 서 있던 나의 버팀목
언제부터인가 보이지 않는다

태풍도 없었는데 지진 해일도 없었는데
힘들고 지칠 때 기대어 쉬던 나무였는데
아프고 서러울 때 위로가 되어주던 나무였는데

공허한 마음에 다시 찾은 그 자리
지금은 그저 바람 소리만 허공을 맴돈다

정건식

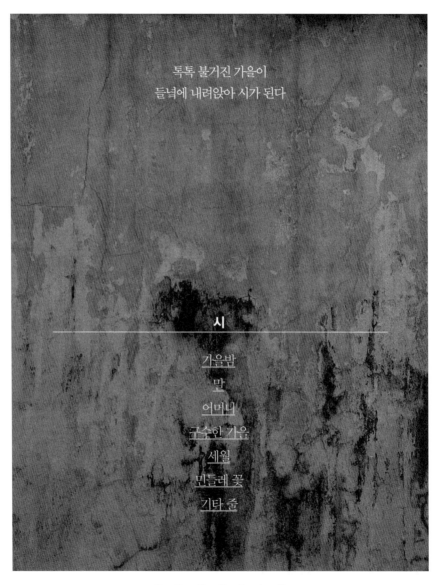

톡톡 불거진 가을이
들녘에 내려앉아 시가 된다

시

P R O F I L E

경기 출생
동남문학회 회원

가을밤

쓸쓸한 적막이 술상에 내려앉은
모두가 잠든 밤
하얀 별들 술안주 삼으며
한 움큼 가을을 술잔에 부어
둥근달에게 건배를 청한다

말

지금은 아름답다고 말하지 않으리라
그대의 고운 마음이 내 마음속에 꽃 필 때
아름다웠다 라는 말을 가슴속에 새겨 두었다가
훗날 우리 둘의 아름다운 마음
변치 말자는 말을 하리라

지금은 사랑한다고 말하지 않으리라
그대가 나를 좋아하고 내가 그대를 사랑해서
우리 둘만의 행복이 꽃피워질 때
사랑했다는 말 마음속 깊이 담아두었다가
훗날 우리 둘만의 행복을 위해 사랑한다 말하리라

정건식

어머니

어머니 열 손가락 자식 걱정 한 줌이네
손바닥에 깊게 파여 무뎌진 손금
자식 위해 정성 바친 따뜻한 마음
어머니의 손등 자식 추워할세라
모진 세월 막아주느라 거북등이네

다 큰 자식 집 떠날 때 밥 굶지 말고
큰길 나설 때 차 조심하라고 일러두시는
어머니 자식 사랑하는 마음
넓은 바다와 같고 높은 하늘 같음에
존경하는 마음 담아드리네
어머니!

구수한 가을

가을이어서일까?
황금 물결 이룬 들녘 한가운데
광대가 눌러 쓴 모자에 가을 길이
사방팔방 줄지어 있다

가을날의 하늘은 청명하기 이를 데 없고
무르익은 오곡백과를 걷어 들이는 농부들
얼굴에는 웃음이 한 가득이다

낟알들이 톡톡 튀어나올 때마다
양팔을 벌린 허수아비는 갈바람에
흥겹게 어깨를 들썩인다

가을 농부들이 흘리는
땀방울은 소리 없이 들녘에 내려앉아
밑거름이 되어 다음 해를 기약한다
가을 햇살에 만물이 익어가는 소리가
참 구수~하다

세월

덧없이 흐르는 세월이 아름다워
네가 아름답더냐?
네가 아름다워 유수와 같이
흐르는 세월이 아름답더냐?

모질고도 험한 세상 속에서
천의 얼굴 갖고 피어난 세월아

너의 가녀린 허리춤에서
잔잔하게 피어오르는 네 향기가
안개 속에 감춰진 영롱한 이슬 속으로
스며드니 세상 얼굴 하회탈 되어
입꼬리 귀에 걸려 웃음꽃 가득하다

민들레 꽃

노오란 아기 민들레꽃
살랑이는 봄바람에
엄마 민들레꽃과 도란도란
이야기 나누며 웃음 짓는다

엄마 민들레 꽃
예쁜 아기 민들레 꽃 귀엽게
재롱떠는 모습 보며
초록 방석에 앉아
손뼉 치고 함박웃음 지으며
엄마 품으로 오라고
손짓하네

그 향기에 취해
엄마 민들레 꽃 아기 민들레 꽃 봄바람하고
너울너울 세상 구경 하려고
길을 나선다

기타 줄

왼 손가락 끝으로 기타 줄 꾸욱 누르고
오른 손가락 끝으로 튕기니 둥그런
울림통에서 울리는 맑은 소리
숲 속 산새들 이야기

가녀린 목에서 토해내는 저 매혹적인
선율이 보면대 위에 앉아있는
텅 빈 오선지 속으로 꼬물대며 숨어버린다

맑은 저 선율은
과연 누구를 위한 숨소리이며
또한 누구를 위해 부르는 세레나데인가

저 가녀린 허리와 둥그런 울림통 속
흘러나오는 여음 끝자락
내 귓불을 잡고 맴돌고 있다
튕겨본 기타 줄의 매혹적인 선율
곱디고운 저 기타 소리에
오늘도 나는 취해버린다

문학 이론

언어의 구체적 표현에 대해서

지연희(시인, 수필가)

언어의 구체적 표현에 대하여

지연희(시인, 수필가)

　시는 감정의 구체적 표현이라고 한다. '구체적'이라는데 필자는 보다 핵심적인 관심으로 이 글을 대하려 한다. 지난 일요일 저녁 TV 채널 'K팝스타5'를 시청하다가 B 심사위원이 참가자에게 들려주던 '예술 음악'이란 견해에 대하여 동감을 하게 되었다. 음악은 예술 장르의 하나이며 미술과 마찬가지로 세밀한 표현이 요구된다는 조언이었다. 세밀한 표현이란 바로 구체적인 표현 방법을 말한다. 더구나 예술 장르의 표현이란 감정을 기조로 출발하는 아름다운 표현이다. 노랫말의 가사를 리듬에 맞추어 기억해 내는 일이 아니라, 그 노랫말이 담고 있는 감정을 소화하고 자신의 것으로 정서화시킬 때 듣는 사람의 공감대를 열어낼 수 있다는 것이다.

　음악은 소리로 미술은 그림으로 문학은 언어로 표현하데 다만 예술가 자신의 감정으로 구축된 구체적 표현을 자신의 육성으로 들려주어야 한다. 음악이나 미술에 대한 언급은 주제넘는 일이기에 문학적으로 언급하자면 문학의 구체적 표현이란 세상에 널브러진 보편적 의미를 세상에 없는 필자 자신만의 특별한 언어로 구축할 수 있어야 한다. 무엇보다 문자는 시도 때도 없이 변하는 사람들의 미묘한 감정의 세계를 구체적으로 담아내지 못하는 까닭이다. 아프고, 슬프고, 괴로운, 행복한, 아름다움 같은 막연한 언어들의 뭉퉁거림을 구체화시켜 손끝에 만져지는 감각의 미묘한 느낌으로 체득할 수 있어야 하기 때문이다. 비교적 의미의 깊이를 문학적 언어로 표출하고 있는 몇몇 시인과 수필가들의 작품집을 통하여 문학적 언어의 아름다움을 조명하려 한다.

비 오는 늦은 봄의 어느 밤 지나
거적처럼 서글픈 파스를 떼어나면
화인火印 맞은 듯 벌건 자국 위에
끝내 읽히지 말자고 쓴 듯
이국의 문자로 획을 그리고
천 번은 구겼다 편 듯
짓물러 희미해진
난독難讀의 이름 하나
　　　　　　-오성일의 시「자국」중에서

꽃게같이 빨간 맨살을 맞대고
한 식솔이 뒹굴고 넘어지며 이렁저렁 산다
늘 옆구리에 끼고 있는
노란 서류봉투처럼 낡아가며, 그는 웃는다
누군가를 위하여 웃고
누군가를 위하여 바쁘게 낡아간다
그의 곁에 서면 개나리꽃 냄새가 난다
웃고 있지만, 아련한 슬픔 같은
　　　　　　-김정식의 시「어떤 가장에게」중에서

자국이라는 단어의 의미는 상처가 아문 흔적을 말한다. 어떤 물체가 다른 물건에 닿아 남긴 자리의 흔적이다. '가슴팍 아래 한구석'이라는 특정한 공간으로 도입부를 작성한 시「자국」은 마음의 상처로 남은 흔적의 아픔을 짚는 노래이다. '가슴팍'에 파스를 붙이고 떼는 상처의 흔적으로 확보된 이 공간은 '마음'의 은유된 공간이다. 때문에 이 시는 마음으로 입은 상처를 치유하기 위해 붙인 파스를 떼어 내어 상처가 지닌 흔적의 아픔을 반추하는 언어구조를 보인다. '비 오는 늦은 봄의 어느 밤 지나/거적처럼 서글픈 파스를 떼어내면/화인火印 맞은 듯 벌건 자국 위에/끝내 읽히지 말자고 쓴 듯/이국의 문자로 획을 그리고/천 번을 구겼다 편 듯한' 난해한 상처의 흔적을 제시하고 있다. 결국 그 상처 위에서 짓물러 희미해진 난독難讀의 이름 하나를 확인하게 되는데 절대 사랑의 아픈 자국이 '슬픈 고요'의 낯빛으로 자리하고 있다는 해독하기 어려운 사실을 읽게 되는 시이다.

고단한 삶을 사는 도시민의 애환이 물씬 배어나는 위의 시는 가장으로의 힘겨움이 극명하게 드러난다. 하루분의 양식을 위해 거리를 헤매다가 어스름을 기다려 귀가하는 어깨 축 내려앉은 이 시대 가장의 쓸쓸한 모습이다. 문학은 시대의 그림자라고 한다. 어쩜 IMF 위기 이상의 경제난으로 허리띠를 조르는 소시민의 고뇌가 선명한 시「어떤 가장에게」는 삶의 바다가 녹록하지 않음을 섬세히 보여 주기도 한다. '꽃게같이 빨간 맨살을 맞대고/한 식술이 뒹굴고 넘어지며 이렁저렁 산다/늘 옆구리에 끼고 있는/노란 서류봉투처럼 낡아가며, 그는 웃는다'는 맨살을 맞대고 뒹굴고 넘어지고 사는 식술들 속에서 상처투성이의 가장은 개나리꽃 냄새를 피우게 되는 시다. 그는 노란 서류봉투처럼 낡아가지만 웃음을 놓지 않고 있다. 누군가를 위하여 신발 끈을 단단히 조여 매고 종종걸음을 걸어야 하기 때문이다. 시집의 초입에 선보이고 있는 위의 시는 김정식 시인이 한 권의 시집으로 걸어가야 할 길의 빛깔이며 그 첫걸음이다

　　　　떠난 자리 빈집처럼 서늘해도
　　　　나는 웃으며 하늘을 보아야 하는 날 있느니
　　　　슬픈 웅덩이 지니고도
　　　　밝음을 포장할 때가 있느니
　　　　노을 자락이 그림자 대신 누울 때
　　　　여린 한숨처럼 살며시 떨구는 고개
　　　　꽃이여 너에게도
　　　　깊이 사유해야 할 어둠이 있는가
　　　　　　　　　　　－송미정의 시「꽃에게 묻다」중에서

　　　　심장 멈추길 기다리던 다리 기인 남자
　　　　눈앞에 비죽이 서 있길래
　　　　목청껏 소리 질러 쫓아버렸다
　　　　"나사렛 예수의 이름으로 명한다 썩억 물러가라."
　　　　바스러져 가는 육신 싣고 가려고
　　　　검은 가마 눈가에 어른거리길래
　　　　설레설레 고개 흔들며
　　　　단호히 승차거부

-박서양의 시「리허설 I」중에서

시「꽃에게 묻다」의 시는 첫 행이 '꽃이 사유하는 것은 무엇일까'라는 물음으로부터 시작되는데 결국 꽃을 향한 질문이지만 시인 자신에게 되묻는 몸짓일 것이다. '햇빛으로 기울면서/바람에 흔들리면서/문득문득 흘려 놓는/향기의 근원은 무엇일까' 도입부 4행의 의미는 꽃으로 서 있는 생의 모든 몸짓들이 사유의 그늘이지 않을 수 없는 생명의 길임을 말한다. 햇빛을 따라가거나 바람을 맞으며 향기를 뿌리는 삶, 그 자락의 근원적 가치가 사유의 흔적이라는 것이다. 떠난 자리 빈집처럼 서늘해도 웃으며 하늘을 보아야 하는 나처럼, 슬픈 웅덩이를 지니고도 밝음을 포장하거나, 노을 자락 끝에서 여린 한숨처럼 살며시 고개를 떨구는 일들이 깊이 사유해야 할 어둠(고뇌)이 있는 까닭이지 않겠는가 한다. 시에서 차용된 사물은 사물 그대로 읽힘을 기대하지 않는다면 시「꽃에게 묻다」는 꽃에게 유입된 인물의 고뇌가 담긴 사물의 사유를 보여주고 있다.

박서양의 시 리허설rehearsal은 연극·음악·무용 등에서 본 공연 직전에 하는 연습을 말한다. 박서양 시인은 죽음이라는 저승 세계로의 떠남 의식도 리허설이 필요하다는 큰 소리를 시「리허설 1.2.3」으로 당차게 쏟아내고 있다. 죽음이란 생을 다한 사람들이 이승에서 저승이라는 별리의 세계로 떠나는 공간이동의 과정이라 말 할 수 있는데 그 또한 예행연습이 필요하다는 것이다. '심장 멈추길 기다리던 다리 기인 남자/눈앞에 비죽이 서 있길래/목청껏 소리 질러 쫓아버렸다/"나사렛 예수의 이름으로 명한다 써억 물러가라."/바스러져 가는 육신 신고 가려고/검은가마 눈가에 어른거리 길래/설레설레 고개 흔들며/단호히 승차거부' 했다는 것이다. 천국행 티켓을 내밀며 아기천사들까지 떼거지로 몰려와도 아직은 따라갈 수 없기 때문에 죽음의 문턱을 수없이 넘나들어도 임종 무대에는 리허설 없이 설 순 없다는 주장이다.

　　오래된 물건들이 어우러져 있는 가게에서 풍로를 봤다. 할 일을 다 한 사람처럼 의연히 앉아 있는 풍로는 잊었던 어머니를 생각나게 했다. 꺼져가는 불씨를 살려주고 꿈과 열정을 부추기던 어머니가 생각났다. 시대를 흘러 먼지가 닦인 채 저녁 햇살을 받고 있는 저 풍로는, 누구의 곁에서 삶을 지피다 여기까지 흘러온 것일까. 한 가정의 고락을 사랑의 바람으로 변화시킨 수고가 고스란히 느껴졌다. 고귀한 삶이다. 풍진 세상을 살던 어머니도 지금은 평안 속에 머물러 있다. 희생으로 점철된 삶이 가슴을 흔들어 놓는다. 한달음에 달려간 기억이 그 품을 파고든다. 생각에 젖어 한참을 바라보던 눈길을 거두고 발길을 돌렸다. 나를 두고 홀연히 떠난 어머니처럼 나 또한 어머니 같은 풍로를 두고 떠나왔다.

　　　　　　　　　　　　　　-김태실의 수필 「꿈을 지피는 풍로」 중에서

　　어미 품에서 자라나는 병아리는 세상이 무서운 줄을 모른다. 외양간에 소 다리 밑으로 들어가기도 하고, 좁고 위험한 공간에 갇히기도 하며 풀 속에서 헤어 나오지를 못하기도 한다. 길 찾아 나오라고 애타게 부르는 어미 닭의 목소리는 처절하다. 천방지축이던 나도 어머니 없이도 살 수 있다고 몇 번을 다른 길로 가고는

했다. 그때마다 어머니는 쇠심줄처럼 질긴 정으로 나를 묶어 놓았
다. 철없고 부질없는 짓을 수도 없이 했다. 헛짓거리를 한곳에 쌓
아 놓았다면 산을 이룰 것이다. 이 세상에 젤로 잘 통하는 사람이
어머니이고 젤로 안 통하는 사람도 어머니인가 보다. 어찌 그리
안 맞고 안 통하였던지. 나는 병아리만도 못 했다.

　　　　　　　　　　　-곽영호의 수필 「암탉, 병아리 품다」 중에서

　수필 「꿈을 지피는 풍로」는 2013년 사단법인 한국수필가협회 기
관지 월간 「한국수필」에 발표된 700여 편의 수필 중에서 '올해의 작
가상'으로 선정된 작품이다. 어머니의 헌신적 삶과 풍로의 실용적 가
치를 형상화시켜 동일시하는 수법을 보여 준 이 수필은 매우 감동적
이다. 인물과 사물의 동일시 나아가 물아일체物我一體의 우주적 통찰
의 넓은 안목을 보여주는 이 수필은 작가가 획득하려는 주제의 구체
적 의미를 감동적인 문체로 보여주고 있다. '자연이 성장하여 성숙되
듯 우리를 철들게 하는 바람은 어머니를 닮았다. 만삭의 몸에서 분신
을 쏟아내는 순간 눈으로만 세상을 볼 수 있는 것이 아니라는 것을 알
게 되는 것처럼, 보이지 않는 곳을 살필 수 있는 또 하나의 눈을 뜨게
했다. 어머니라는 이름은 사랑의 바람을 일으키는 풍로다.'라고 하는
작가의 깊은 안목은 가족을 위해 헌신적인 어머니의 사랑을 극명하게
짚어내고 있다.

　수필 「암탉, 병아리 품다」를 감상하면 곽영호 수필가의 가슴 깊은
울림 하나와 만날 수 있다. 영원히 풀리지 않는 그리움의 망울이다. 징
용으로 끌려가신 아버지는 평생 한 번도 생면하지 못한 낯모르는 부

자지간이다. 어머니의 뱃속에서 태어나기 이전 아버지는 다시 돌아오지 못한 길을 떠나 단장을 찢는 이별이 되고 말았다. 홀어머니는 이처럼 깊은 아픔을 치유하기 위한 그림을 사진 하나로 남긴다. 어머니 흰 무명 옷자락에 안겨있는 어린아이의 사진이다. 마치 어미 닭이 병아리를 품고 있는 듯한 이 사진은 이제 희미하게 빛바랜 추억을 안고 있을 뿐이다. 어미 닭의 병아리 사랑은 어떤 고통 어떤 아픔으로도 비견할 수 없는 희생적 사랑이다. 수필 「암탉, 병아리 품다」는 암탉의 모성을 그려낸 질긴 어머니의 자식 사랑이다. 어떤 사랑도 따를 수 없는 가없는 아름다움을 말한다.

요란한 소나기에 뽑히듯
내 그림자 꽃잎처럼 날아가
그대 눈앞에서
내가 갑자기 사라져 버린다 해도

만일, 허공에 불던 칼바람이
그대 가슴에 박히고
새까만 핏멍울 뚝뚝 떨어지며
삶과 죽음의 갈림길에 홀로서 있다 하더라도
그대 방황하지 않고 나와 함께
꽃물 들이며 행복했던 시간만
기억해 줄 수 있겠니
　　　-백미숙의 시 「기억해 줄 수 있겠니」 중에서

삶의 무거움

전철 선반 위에 올려놓고

채우지 못한 잠으로

꾸벅이고 있을지도 모른다

피와 살을 나눈 그들을 위하여

삼켜야만 했던 것들

이 빠진 지퍼 안에 잠가 놓고

위장된 웃음 속에서

때론 위장하지 못한 긴장 속에서

치통을 앓고 있는지도 모른다

　　　　　-한윤희의 시 「그 가방」 중에서

　백미숙 시인의 시 「기억해 줄 수 있겠니」는 시인 자신을 주시하는 깊은 감성의 울림이 묻어나는 시이다. '뜨거운 여름날 하늘에서 벼락 떨어지듯/어느 날 갑자기 내가 떠나더라도/그대 놀라지 마라/울지도 마라' 라고 하는 예고 없이 다가올지 모를 이별에 대한 아픔을 시 「기억해 줄 수 있겠니」에서 보여준다. 시 본문의 하면에 주를 달고 있는 '어느 날 갑자기 심장판막증으로 쓰러진 다음 날'의 언어로 이해할 수 있듯이 심장판막증으로 쓰러지고 그 다음 날 썼다는 이 시를 감상하면 시인의 심경이 얼마만큼 생사의 기로에 서서 깊은 사고 속에 있었나를 감지하게 한다. '하늘에서 벼락 떨어지듯 어느 날 갑자기 내가 떠나더라도 그대 놀라지 마라, 울지도 마라'는 당부가 가슴 가득 이별의 아픈 파장을 일으키게 한다. 가장 절실한 가장 원형질의 감성이 살아 있는 언어 구조의 이 시는 독자의 감성을 겨냥하여 명중시킬 수 있는 울림의 시가 아닌가 싶다.

시「그 가방」은 시대를 사는 가장들의 질퍽하게 젖은 삶의 자욱이 손끝에 묻어난다. '낡은 가죽 냄새 나는 그 가방/가장의 시린 행렬 속으로 걸어 들어가/삶의 무거움/전철 선반 위에 올려놓고/채우지 못한 잠으로/꾸벅이고 있을지도 모른다'는 식솔을 위한 가장의 힘겨운 헌신이 '삼켜야만 했던 것들'로 위장된 웃음 속에서, 때론 위장하지 못한 긴장 속에서 치통으로 비유된 아픔의 크기로 대치되고 있다. '가끔 총알택시에 실려 온 것은/알코올에 젖은/그 가방의 무거움'이라고 한다. 위장된 웃음과 위장하지 못한 긴장의 무게가 현실인, 가장의 고단함이 고스란히 '그 가방' 속에 웅크리고 있는 게 보인다. 젖음(물먹은 솜덩이 같은 피곤)이 채 마르기도 전 또다시 그 손에 매달려 흔들거려야만 하는 그 가방은 시대의 가장이다.

안쓰러워
어르면
잔 호흡조차도 두려워

찔 끔

찔 끔

핏기 없는 아픔이

한줄기 눈물로

흐

른

다

　　　　　　　　-전영구의 시「서리 1」중에서

손대면 산산이 부서져 버릴 것 같은

마른 꽃잎 하나

손등에 붙은 시퍼런 실핏줄

마지막 남은 수액을

마시고 있다

영원할 것만 같던 꽃잎

바람 부니

어깨 짓누르던 삶의 무게

새의 깃털처럼 흩어져버리고

이제는

홀가분한 모습으로 돌아서는

마른 꽃잎 하나

　　　　　　　　-김영숙의 시「마른 꽃잎」전문

　어쩜 이렇게 아름다운 언어의 집을 지을 수 있을까 생각된다. 가느
다란 끝을 가져다 예리한 시선이 펼쳐내는 조각예술 같다. '안쓰러워/

어르면/잔 호흡조차도 두려워//찔 끔//찔 끔//핏기 없는 아픔이/한줄기 눈물로/흐/른/다(시「서리 1」중에서)'는 서리의 속성을 다루고 있지만 시어가 추구하는 의미의 옷(형상성=소멸의 의미)을 걸침으로 갖게 되는 존재의 아름다움이 감각되어진다. 섬세한 언어예술 조형의 아름다운 극치를 보는 듯하다. 대기 중의 수증기가 그대로 얼어 지표면 또는 그 가까운 물체 등에 하얗게 엉겨 붙은 가루 모양의 얼음이 생명력을 지니고 찔끔찔끔 핏기 없는 소멸의 눈물을 흘리는 모양새다.

김영숙의 시「마른 꽃잎」은 애잔한 시선으로 바라보는 시인의 관심이 있다. 대상이 머문 그곳엔 병약한 인물이 보인다. 손대면 산산이 부서져 버릴 것 같은 마른 꽃잎처럼 쇠락한 사람 하나를 만나게 된다. 손등에 붙은 시퍼런 실핏줄로 마지막 남은 수액을 마시는 인물이다. 영원할 것만 같던 꽃잎(생명)의 힘이 삶의 무게를 새의 깃털처럼 내려놓고 홀가분한 모습으로 돌아서는(세상을 등지는) 마른 꽃잎이다. 앙상하게 마른 한 사람의 마지막 생을 바라보게 한다. 생명의 유한성이 지닌 슬픔을 확인하게 한다.

고뇌를 잘랐다
독하게 그을 때마다 너덜한 추억들이 떨어져 나갔다
밑실과 윗실 사이
헐렁해진 삶을 끼워 넣었다

후회를 줄이는 일이 쉽지는 않지만
팽팽히 당기다 끊어지는 실패失敗를 하지 않으려

늘어진 포기에 가지런한 주름을 잡고

우울하던 한숨엔 빨간 스팽클을 달아

신중히

한 땀

한 땀

박고 있다

                    -김안나의 시 「나를 수선하다」 전문

나비가 될까

벗어 날 수 없는 장벽에서

나래 접으며 살아야하는

이 굴레를 벗어나

무한대의 우주 순례하며

하늘하늘 춤추는

나비가 될까

내 육신 흙이 되면

내 영혼 나비가 되어

우주 끝까지 자유롭게 비행하는

나비이고 싶다

                    -박하영의 시 「나비이고 싶다」 중에서

　　김안나의 시집 「나는」을 포괄적으로 감상하며 지워버릴 수 없는 부
분이 「나를 수선하다」는 리폼의 의미이다. 그간의 나를 자르고 꿰매어

새롭게 변형시키는 새로운 모습 찾기인 것이다. 그리고 그 변화를 들고 새 길을 걷고 있는 것이 이 시집의 믿음이며 희망이다. '고뇌를 잘랐다/독하게 그을 때마다 너덜한 추억들이 떨어져 나갔다/밑실과 윗실 사이/헐렁해진 삶을 끼워 넣었다'는 현실극복의 아픔이 묻어나는 언어들 앞에서 '팽팽히 당기다 끊어지는 실패失敗 하지 않으려' 애쓰는 화자의 고뇌를 만나게 된다. '신중히/한 땀/한 땀' 새길 위에 딛고 있는 걸음은 궁극적으로 화자가 감당해야 할 적응력이며 꿈과 희망이지 싶다.

　시 「나비이고 싶다」의 내적 의미는 손에 닿을 수 없는 것들의 갈망이 하나라면, 내세를 지나 환생의 기회가 주어진다면 우주 끝까지 자유로운 비행이 가능한 '나비'의 날갯짓을 갖고 싶은 기대이다. '나 죽어서 나비가 될까/내 생에 날지 못하던/퍼덕이던 두 날개/이 꽃 저 꽃 분분히 날 수 있는/나비가 될까/벗어 날 수 없는 장벽에서/나래 접으며 살아야하는/이 굴레를 벗어나/무한대의 우주 순례하며/하늘하늘 춤추는/나비가 될까' 이다. 박하영의 시에서 핵심적으로 드러나는 영혼의 빛깔은 '자유'이다. 삶의 굴레로 덧씌워진 장벽을 허물어 자유로이 날고 싶은 날갯짓이다. 이는 첫 시집에서의 색감이며 이어온 두 번째의 시집이 추구하는 몸짓이다. '바람이고 싶은 시혼詩魂의 자유'와 한 마리 나비가 되어 이 꽃 저 꽃 분분히 날 수 있는, '무한대의 우주를 순례하는 나비가 되고 싶은 자유'의 갈망인 것이다.

　　학교에서 돌아올

　　아들 기다리는 엄마처럼

노란 버스에서 꿈나라 소풍 다니는

등 구부러진 팔순 노모가 내린다

염색으로 가린 머리

바람에 갈라져 하얀

아들을 향해 누구시냐고

갈퀴 같은 엄마 손 꼭 잡고

집을 향해 다정히 걷는 아들

-서선아의 시 「4시 30분」 중에서

그녀의 날쌘 움직임에

그들은 자취를 감추고

바닥은 반들거린다.

발코니의 화초들도

목마르다고 바스락거린다.

달콤한 오후의 종종걸음이

그녀의 주름진 얼굴에

꽃 그림을 그린다.

-권명곡의 시 「달콤한 오후」 중에서

김이 오르는 물속

발을 담근다

시계의 그림자 지우고

발가락들 도란도란하다

볼그레한 발등엔 외할머니 미소가 한 가득이다
태고의 발 물이 식을 때까지
손과 발이 차를 마시듯
외진 구석을 얘기하고
걸어온 풍경 속 가득한 산새의 노래 듣는다
-엄영란의 시 「발을 씻으며」 중에서

새벽이
대지 위에 걸어온다

고통과 번민 어둠이 삼켜버리고
하루를 여는 미명의 창가에
밤새 천둥 번개 지저대던
울음소리 그친 지 오래다
-허정예의 시 「새벽」 중에서

시 「4시 40분」에서는 머리 하얀 아들이 알츠하이머를 앓는 미수*
*의 노모가 탄 노란색 노인복지 버스를 기다린다. 매일 같은 그 시간 4
시 30분이면 어김없이 아파트 앞 정류소에 나가 어머니의 손을 잡고
집으로 향한다. 천진한 아이의 눈빛을 하고 어머니는 육십 중반의 아
들 손에 이끌려 집으로 돌아온다. 60여 년 전 어머니도 어린아이였던
아들의 손을 잡고 어디에선가 집으로 향하는 길을 걸었을 것이다. 그
어머니와 아들이, 아들과 어머니가 되어 집으로 간다. 뜬금없이 아들

을 향해 누구시냐고 묻는 어머니의 갈퀴 손을 잡고 걸어가는 모자의
아름다운 뒷모습이 한참을 지켜 서서 바라보게 한다.

「달콤한 오후」라는 이 시의 제목은 시집의 표제이다. 무언가 감미
로운 따뜻함을 연상하게 하는 제목이지만 시의 내용은 '그녀'라고 지
칭한 인물(역시 주름진 얼굴을 지닌)의 집 안 청소가 배경이다. 그녀
의 날쌘 움직임으로 '그들(먼지 등)'은 자취를 감추고 바닥은 반들거
리게 된다. 발코니의 화초들에게도 물을 주고 종종거리는 일이 달콤한
오후의 시간 속에서 이루어진다. 이제껏 거울을 보며 눈시울을 적시던
그녀의 모습과는 다른 매우 긍정적이며 활기찬 기운을 느끼게 하는
시다. 궁극적으로 제아무리 철옹성 같은 고독과 외로움에 휩싸여도 꿋
꿋이 일어서는 '그녀'의 본 모습이지 싶다.

엄영란의 시 「발을 씻으며」는 볼그레한 발등에 내려앉은 외할머니
의 미소로부터 발의 내력을 짚고 있다. 아마도 외할머니의 딸, 그 딸
의 딸인 화자의 발가락들 사이로 숨 쉬는 핏줄의 내력을 이 시는 '시계
의 그림자' '시계추의 걸음'으로 듣고 있다. '태고의 발 물이 식을 때까
지/손과 발이 차를 마시듯/외진 구석을 얘기하고/걸어온 풍경 속 가
득한 산새의 노래 듣는다'는 것이다. 앞서 언급했지만 엄영란 시의 언
어에는 가끔 실생활에서 쏟아내는 시인의 천연한 웃음처럼 맑은 영혼
의 종소리 같은 울림을 듣게 된다. '손과 발이 차를 마시듯 외진 구석
의 발의 역사를 산새의 노래로 듣는다'는 발상이다. 제아무리 아픔을
수반한 고통이라도 긍정의 잣대로 치유해 버리는 여유를 느낄 수 있
다. '놓쳐버린 길 위 안개 속/시계추의 걸음으로/길을 만들어 가던 때
가 있었지/상처 아물고 흉터로 남아/흑백 사진처럼 하소연 쏟아낸다'

는 시어들은 상처의 흔적을 안고 있는 발의 역사에 귀 기울이는 포용의 자세이며 시인의 참된 영혼의 세계를 보여준다.

시 「새벽」은 '새벽이/대지 위에 걸어온다'는 도입부 두 행으로부터 '대지'라는 공간 위에 어둠의 시간이 빛의 시간으로 넘어가는 새벽의 걸음을 동적 이미지로 표현하고 있다. 이 시에서 새벽은 시각적 감각적 움직임으로 소통되고 있다. 어둠이라는 밤의 속성이 고통과 번민을 삼키고 미명으로 여는 하루의 첫 관문임을 보여준다. 또한 '승리의 깃발을 어깨에 메고/빛의 함성소리/희망 되어 걸어온다.'는 것이다. 시인의 시각에 따라 '새벽'은 얼마든지 절망이 될 수 있고 좌절의 늪으로 의미화시킬 수 있다. 그러나 허정예 시인의 새벽이 빛의 함성으로 희망이 될 수 있는 까닭은 시인의 가슴에 뿌리내린 절대 감성의 빛깔이 때 묻지 않은 순연한 까닭일 수 있다.

닳고 닳을 때까지 신는 고무신도 있지만 싫증이 나서 하루빨리 떨어지기를 바랐던 신발도 있었다. 꽃 고무신은 아껴 신은 반면 민숭민숭 하얀 고무신은 얼른 닳아 떨어지기를 바라 어머니에게 얻어맞을 행동도 했을 것이다. 샘 많고 시기 많은 네 딸의 욕심을 채워주기 위해 어머니는 마음고생도 많으셨을 것 같다. 누구 하나 사주면 다른 아이가 골이나 씩씩대니 어머니는 날마다 자식을 위해서 힘들고 고단했을 것이다. 지금 내가 자식 둘을 키우면서 해주지 못한 것만 마음에 두듯이 우리 어머니도 자식에게 풍족히 못해준 것만 기억하실지도 모르겠다. 어머니의 가슴에 장맛비처럼 큰 물살이 되어 황량한 잔해만 남겨준 것은 아닌지 푸른 하늘에 걸린 하얀 구름이 되어 어머니의 젖은 가슴을 말리고 싶다.

-김숙경의 수필 「고무신 단상」 중에서

산청에서 만난 돌무덤의 주인인 구형왕, 신라에게 나라를 물려준 마지막 가락국의 왕은 어떤 꿈을 꾸면서 그 넋을 위로하고 있었을까. 허전하기 이를 데 없는 왕산기슭, 피라미드형을 한 돌무덤은 중간쯤에 사각의 작은 문처럼 뚫린 곳이 있다. 혹시 그 문을 통하여 영혼은 들고나면서 세상의 소식을 접하고 있지 않았을까. 구형왕은 자신의 처지를 개탄하고 원통한 나머지 왕산으로 들어와 수도생활을 하다 세상을 떠났다. 왕은 죽어서도 왕일 게다.

-공석남의 수필 「꿈꾸는 넋」 중에서

김숙경의 수필 「고무신 단상」은 지금은 관심 밖으로 물러났지만 고무신을 아끼던 시절의 이야기이다. 어쩌다 장날이 되면 어머니가 사주신 새 고무신을 신고 신명이 나던 물질이 풍요롭지 않던 때의 기쁨을 말하고 있다. 새 고무신을 신고 개울을 건널 때는 고무신이 물에 떠내려갈까 두 손에 들고 물길을 걷던 어른이며 아이들의 모습이 확연히 연상되는 수필이다. 새 양말 한 켤레에 기뻐하고, 새 신발 하나에 즐거워하던 시절의 소박한 행복이 묻어난다. 그럼에도 불구하고 어린 날의 화자는 밋밋한 고무신보다 꽃 고무신이 신고 싶어 멀쩡한 고무신을 돌에 문지르던 유년의 추억을 그려내고 있다. 철부지 소녀의 해맑은 욕심이 미소를 짓게 한다. '어릴 적엔 왜 그리 가지고 싶은 게 많았는지 모르겠다. 등에 메는 가방을 가진 친구가 있으면 그걸 사달라고 떼를 쓰고, 꽃 고무신을 신고 있으면 그것이 갖고 싶어 -중략- 사달라고 투정을 부려 부지깽이로 몇 대 얻어맞은 기억도 있다.'는 사실로 보면 김숙경 수필가의 당찬 성격의 근원을 유추하게 하지만 가난한 시절의 성장기에 지녔던 동심의 면면을 읽을 수 있는 수필이다.

공석남의 수필은 산청에서 만난 가락국 마지막 왕 구형왕의 피라미드형 돌무덤을 모티브로 의미를 제시한다. 수필 「꿈꾸는 넋」은 만물의 영장인 인간일지라도 영원할 수 없는 유한한 삶에 대한 한계를 말하고 있다. 삶에서 죽음으로 건너가는 경계에서 내려놓지 못하는 욕망의 크기가 '꿈꾸는 넋'이다. 중국의 진시황은 불로초를 먹고 영원한 생명의 지속성을 추구했지만 결국은 죽음에 이르지 않을 수 없었으며, 더할 수 없는 권세와 부귀영화를 누리던 사람일지라도 죽음 앞에서는 무너지지 않을 수 없다는 것이다. 신라에 나라를 내어준 구형왕, 그가 무덤 속에서도 내려놓지 못했던 것은 가락국의 존재회복이었을 것이다. '돌무덤에 갇히고 싶다던 그의 유언이 「왕산사기」의 기록으로 남아 있다. 가락국 백성에 대한 속죄의 길로 택한 왕의 풀 길 없는 가슴앓이다. 구형왕이 나라를 수성守成치 못한 힘없는 왕으로서 넋이 되어서도 편안한 마음은 아니었을 게다. 이루지 못한 꿈의 일부를 백성들에게 되돌려 주고 싶은 염원으로 작은 돌창은 돌파구였을지도 모른다.'는 작가의 예감처럼 구형왕의 넋이 아픔으로 닿아온다.

문학작품은 무엇을 쓰는 일도 중요하지만 '무엇을 어떻게 쓸 것인가'하는 문제가 매우 중요하다는 것을 한 편 한 편의 작품을 완성하는 과정에서 체험하게 된다. 시는 행과 연으로 나뉘어 하나의 메시지(주제)를 언어로 표현하는 감정의 문학이다. 어떤 논리의 그물에도 걸리지 않는다는 자유로움이 있지만 주지해야 할 일은 낯익은 것으로부터 낯섦의 언어를 구현하는 일이다. 마치 신천지를 발견하듯 신선한 언어 찾기에 노력해야 한다. 수필은 문장과 단락으로 나뉘어 의미를 담는 이야기 문학이다. 그러나 문학의 기본구조대로 어떤 언어로 표현하는 가의 문제는 수필문학 역시 자유로울 수 없다. 앞서 제시한 시나 수필 은 비교적 완성도가 높은 작품들이다. 이들 시나 수필은 날카로운 시 각과 감각으로 작가적 사명을 어깨에 지고 한 행, 한 문장에 생명을 불 어넣듯 최선을 다한 노력의 산물이다.

동 남 문 학
열 여 섯 번 째
이　야　기

껍질

해남문학회 지음